www.tredition.de

AF202209

Lena Mogk

Totengeflüster

Thriller

www.tredition.de

© 2017Lena Mogk

Verlag und Druck: tredition GmbH, Grindelallee 188, 20144 Hamburg

ISBN
Paperback: 978-3-7345-6716-2
Hardcover: 978-3-7345-6717-9
e-Book: 978-3-7345-6718-6

Für meine Eltern
Für ihre unerschöpfliche Geduld
mit einer Göre wie mir

Atemlos sah sich Jana um, versuchte etwas in der Dunkelheit zu erkennen. Doch das Einzige, was sie sah, waren die Bilder, eingebrannt in ihrem Kopf, egal wie sehr sie versuchte sie zu vergessen. Schweißgebadet saß sie im Bett, so wie die letzten Tage auch. Es war immer derselbe Traum, der sie um ihren Schlaf brachte. Wie sooft war sie durch dunkle Gänge gehastet, die Angst im Nacken und das Gefühl verfolgt zu werden. Und wie jede Nacht, wenn sich ihr Herzschlag wieder beruhigt hatte, vergrub sie das Gesicht in ihren Händen und schämte sich, vor etwas weg zu laufen, das sie nicht kannte.

Als sie Hufgeklapper vor ihrem Fenster hörte, richtete sie sich auf und schwang seufzend die Beine aus dem Bett. Barfuß tappte sie hinaus in den Flur. Wie jeden Tag knarrten die alten Holzdielen unter ihren Füßen, doch obwohl es sie manchmal nervte, war sie froh ein alltägliches Geräusch zu hören. Auch das morgendliche Geschirrgeklapper, das aus der Küche ertönte, beruhigte sie allmählich. Es war nur ein Traum, versuchte sich Jana einzureden. Es war nur ein böser Traum. »Und was ist mit deinen Visionen?«, flüsterte die Stimme in Janas Kopf. Doch sie war schon geübt darin, sie zu ignorieren. Heute wollte sie das nicht hören. Heute wollte sie nicht an diese Visionen denken, die sie geplagt hatten, kurz bevor ihr Bruder auf mysteriöse Weise gestorben war. Heute wollte sie es einfach nur vergessen. Aber ob es ihr diesmal gelang? Du bist verrückt, sagte sie zu sich selbst. Recht hatte sie damit schon. Schon allein bei dem Gedanken an die Visionen vor ein paar Jahren war sie fest davon überzeugt, dass sie alles andere als normal war. Sie hatte Angst davor, es anderen zu erzählen. Nur ihren Eltern und ihrem Bruder hatte sie davon erzählt, wie sie ihn immer wieder gesehen hatte, mit todblassem Gesicht und verstörten Augen.

Jana schüttelte heftig den Kopf, als könne sie die Gedanken damit vertreiben. Jetzt hatte sie doch daran gedacht! Sie betrachtete sich im Spiegel. Ein Mädchen mit dunklen Ringen unter den Augen, zerzaustem Haar und blassem Gesicht schaute sie mit müden Augen an. Kein Wunder, dass sie bei dem Anblick an ihren Bruder denken musste! So hatte er auch die Tage vor seinem Tod ausgesehen. Ob ihn derselbe Traum geplagt hatte? Seufzend legte Jana die Haarbürste zurück und band ihre frisch gekämmten Haare zu einem Zopf. Dann beugte sie sich ins Waschbecken hinunter und ließ kaltes Wasser über ihr müdes Gesicht laufen. Davon wurde sie meistens wach. Und wenn sie wach war, konnte sie die bösen Träume leichter aus ihren Gedanken vertreiben.

»Jana! Es ist zehn Uhr, willst nicht bald mal aufstehen?«, klang die Stimme ihrer Mutter aus der Küche.

Schnell machte Jana den Wasserhahn zu und vergrub ihr tropfendes Gesicht im Handtuch. Hastig lief sie in ihr Zimmer und zog sich an. Unten in der Küche saßen ihre Eltern am Tisch und tranken Kaffee. Ihr Vater blätterte in der Tageszeitung, so wie jeden Morgen nach dem Stallausmisten. Als Jana sich zu ihnen an den Tisch setzte, war der Traum schon wieder vergessen. Trotzdem schaute ihre Mutter sie besorgt an. Und auch ihr Vater machte ein besorgtes Gesicht, als er von der Zeitung aufsah.

»Wie geht es dir?«, fragte ihre Mutter und sah ihr forschend ins Gesicht.

Jana sah sie verwirrt an. »Gut«, antwortete sie. »Sehr gut, sogar.«

Wie sollte es ihr denn gehen? Ihre Mutter fragte doch sonst nicht so besorgt nach ihrem Befinden. Sah sie etwa krank aus?

»Siehst du, Annette! Deine Sorge ist ganz unbegründet!«, sagte ihr Vater beruhigend, schob Jana den Brotkorb hin und widmete seine Aufmerksamkeit wieder der Zeitung.

Doch bevor Jana sich ein Brötchen nehmen konnte, stand ihre Mutter auf und bedeutete ihr mitzukommen. Sie folgte ihr ins Büro. Auf dem Schreibtisch lag eine alte Zeitung, vielmehr ein ausgeschnittener Zeitungsartikel. Janas Mutter setzte sich auf den Schreibtischstuhl und schaute sie forschend an.

»Kann es sein, dass du wieder Visionen hast?«, fragte sie.

Jana schüttelte den Kopf. »Ich hab nur wieder diesen Traum, es ist jede Nacht derselbe.«

Sie wusste, dass es keinen Zweck hatte, ihrer

Mutter etwas vorzulügen. Aber worauf wollte sie hinaus? Dachte sie etwa...?

»Totenbleich, mit verstörtem Gesicht. Wie die Geister in den Horrorfilmen«, murmelte ihre Mutter leise, so leise, dass Jana sie kaum verstehen konnte.

Es waren die Worte, mit denen sie ihren Bruder beschrieben hatte, wenn sie ihn in ihren Visionen gesehen hatte.

Ihre Mutter nahm gedankenverloren den Zeitungsartikel vom Schreibtisch. Jana wusste, dass ihre Mutter ihn ausgeschnitten, dann aber doch in der untersten Schublade versteckt hatte. Warum hatte sie ihn jetzt wieder hervorgeholt?

»Mama?«, fragte sie unsicher, als ihre Mutter tieftrauernd auf das Blatt Papier starrte.

Ihre Mutter schaute auf. Ihre traurigen Augen ließen ihr einen Schauer über den Rücken laufen.

»Wie kommst du darauf?«, fragte sie, während sie ihre Mutter beobachtete.

Die senkte den Kopf, wahrscheinlich dachte sie an ihren verstorbenen Sohn. »Du warst so blass«, antwortete sie. Ihre Stimme klang trocken und tonlos. »Als ich gestern Abend bei dir war...« Sie hielt inne und atmete einmal tief durch. Himmel, was war bloß mit ihr los? »Du warst so unruhig, deshalb wollte ich noch einmal nach dir schauen. Wie du da lagst, so bleich. Totenbleich.« Sie zögerte ein wenig das letzte Wort auszusprechen.

Jana ging in die Knie, um ihr in die Augen zuschauen. Es schauderte sie, so abwesend starrte ihre Mutter Löcher in den Boden. Sie nahm ihr den Artikel aus der Hand, der über den mysteriösen Tod ihres Bruders berichtete, und legte ihn auf den Schreibtisch.

»Du denkst an Jakob, stimmt's?«

Sie nickte und fuhr sich mit der Hand übers Gesicht. »Der Traum mit den dunklen Gängen?«, fragte sie zurück.

Jana nickte. Sie richteten sich beide auf.

»Ich muss in den Stall, die ersten Reitschüler kommen bald«, sagte sie.

In diesem Moment schien sie wieder ganz normal zu sein, doch in ihren Augen lag immer noch diese Unruhe, die Jana auf eine gewisse Weise Angst machte. Ihre Mutter beugte sich noch ein letztes Mal zu ihr hinunter.

»Mach nicht denselben Fehler wie dein Bruder«, flüsterte sie. Dann verließ sie das Büro.

Jana blieb noch eine Weile. Was hatte sie damit gemeint? Sie sollte nicht den gleichen Fehler machen. Wusste sie, wie Jakob umgekommen war? Was hatte er ihr vor seinem Tod erzählt? Sie betrachtete den Raum nachdenklich. Der Artikel passte in dieses Durcheinander aus wichtigen Dokumenten genauso gut hinein wie ein Elefant in den Porzellanladen.

Auf dem Flur traf sie ihren Vater. Er hielt die Zeitung in der Hand. Mit einem kurzem »Schau mal nach Wirbelwind!« war er an ihr vorbeigerauscht und im Büro verschwunden. Verwundert schaute sie ihm nach. Er hatte es samstags doch sonst nicht so eilig! Doch sie tat wie ihr geheißen und ging hinaus, aber nicht ohne sich noch schnell ein Butterbrötchen zu schmieren. Als sie das gemütliche Backsteinhaus verließ und über den Hof lief, schien ihr die Sommersonne ins Gesicht, als wolle sie die unruhige Nacht ausgleichen. Jana lächelte. Sie liebte den Sommer, auch wenn die Vergangenheit Schatten auf ihn warf. Auf der Weide hinter der Scheune tollten die Fohlen zwischen den anderen Pferden herum und als sie ihren Hengst entdeckte, hatte sie das merkwürdige Verhalten ihrer Eltern ins Unterbewusstsein gesperrt. Schnell holte sie Wirbelwind von der Weide und sattelte ihn. Wenig später trabte sie fröhlich vom   Hof.

Er hastete durch den Wald, kämpfte sich durch das Dickicht. Doch egal wohin er lief, er spürte die Bedrohung, an seine Fersen geheftet wie Kaugummi an den Schuhen.

»Du kannst davor nicht weglaufen!« Die kalte Stimme lachte höhnisch. »Du bist tot!«

»Nein!«, schrie er, obwohl er wusste, dass sie recht hatte. Er war tot. Schon ein paar Jahre und doch wollte er es nicht wahr haben. Er hatte sich auf der Lichtung liegen sehen. Er hatte die Wunden gesehen und die Blutpfütze, in der er gelegen hatte.

Plötzlich stolperte er über eine große Wurzel. Er geriet nur leicht ins Straucheln, doch er war so ausgelaugt, dass seine Beine einknickten und er auf den feuchten Waldboden fiel und liegen blieb. Erschöpft schloss er die Augen.

»Glaub es mir einfach, du kannst es doch nicht ändern!« Wieder ließ die kalte Stimme ihr berüchtigtes hämisches Lachen ertönen. Wie konnte man nur so schrecklich sein?

Mühsam öffnete er die Augen. Er sah das zur Stimme gehörende Gesicht so dicht vor seinen Augen, dass er sie gleich wieder schloss. Das ist ein Serienkiller! Der muss so krank und gestört sein!, dachte er. Hatte es nicht gereicht, dass er Albträume bekommen hatte, in denen er ständig dieses Gesicht gesehen hatte, mit den hämisch grinsenden Lippen und den vor Mordlust glänzenden Augen? Anscheinend nicht.

13

Da wurde er an der Schulter gepackt und hoch gehoben. Er kniff die Augen zusammen, denn er wusste genau, wo er ihn hinbrachte. Schon jetzt schauderte es ihm, wenn er an die dunkle Kammer dachte. Er wurde jedes Mal dorthin gebracht, wenn er es nicht mehr in den dunklen Gemäuern ausgehalten hatte. Allerdings nicht mehr so lange wie vor ein paar Jahren. Damals musste er es wochenlang bei Wasser und Brot aushalten, heute saß er meist nur ein paar Tage in den kalten Gewölben des Gefängnisses. Dann wurde er von seiner einzigen Vertrauten herausgeholt. Das schreckliche Leben dort war nur halb so schlimm, wenn er bei ihr war, denn Aristinia hatte so viel Autorität, dass sie ihn vor seinem Herrn einigermaßen beschützen konnte.

»Da, du weißt ja, wo du hinmusst!«, donnerte sein Herr und warf ihn in das dunkle Gewölbe, das in sein Reich führte. Er stöhnte auf vor Schmerz und blieb noch immer erschöpft auf den eiskalten Steinen liegen, obwohl seine Finger sich schon von der Kälte versteiften.

Sie genoss es immer wieder, wenn die Hufe auf der asphaltierten Straße besonders laut klapperten. So auch diesmal. Erst als Jana am Friedhof vorbeiritt, wurde sie nachdenklich. Sie verlangsamte das Tempo und schaute suchend über die Friedhofsmauer. Irgendwo dort drüben lag ihr Bruder begraben, er war mit gerade mal zwanzig Jahren gestorben. Sie erinnerte sich an die Sorge und die Unruhe in den Augen ihrer Mutter. Und an die Angst. Ja, es hatte sich Angst in ihren Augen wiedergespiegelt. Aber wovor?

Jana saß ab und ging durch das Tor auf den Friedhof. Früher war sie nie hierhergegangen, doch seit dem Tod ihres Bruders kam sie öfters her. Sie musste das Grab gar nicht mehr suchen, ganz automatisch lief sie in eine der verlassenen Ecken des Friedhofs. Schweigend blieb sie vor Jakobs Grab stehen. Was er wohl gesagt hätte, wenn er wüsste, dass Jana wieder dieser Traum plagte? Derselbe wie vor ein paar Jahren. Sie schloss andächtig die Augen. Trotzdem sah sie das Grab ihres Bruders vor sich. Plötzlich wurde Jana von einem beklemmenden Gefühl befallen und ihre Brust schnürte sich zu, sodass sie kaum noch atmen konnte. Erschrocken schnappte sie nach Luft. Ihr Herz setzte vor Schreck einmal aus, obwohl sie genau wusste, was gerade in ihr vorging. Und da wurde ihr klar, dass es nie aufgehört hatte. Sie hatte es nur all die Jahre verdrängt. Sie erinnerte sich an den Traum, indem sie immer und immer wieder durch die dunklen Gänge rannte. Der Schmerz trieb ihr die Tränen in die Augen. Ihre Lunge brannte. Und mit dem Schmerz kam die Angst zurück. Die Angst und das Gefühl der Panik und der Machtlosigkeit. Wie hatte sie glauben können, dass es vorbeigeht? Hatte sie nicht immer wieder Ausschnitte gesehen, deren Symbolik sie erst verstanden hatte, wenn es zu spät war?

Jana kniff verzweifelt die Augen zusammen, doch das Grab ihres Bruders verschwand nicht. Ja, sie hatte schon immer Visionen gehabt, doch sie waren bei Weitem nicht so schlimm, wie die vor Jakobs Tod. Diese Erkenntnis ließ Jana erleichtert aufatmen. Sie hatte die Angst vor ihren Visionen endlich überwunden und der Schmerz ließ ein wenig nach.

Plötzlich verschwand das Grab ihres Bruders, als würde es in dunklem Wasser untertauchen. Dann tauchte der Zeitungsartikel mit der Schlagzeile »Zwanzigjähriger im Wald erstochen« auf dieselbe Art auf, wie das Grab verschwunden war. Jana kannte den Artikel. Es war der, der von Jakobs Tod berichtete. Doch plötzlich verschwammen die Buchstaben und setzten sich wieder neu zusammen. Jana erschrak. Sie kniff die Augen entsetzt zusammen, doch die leuchtend roten Buchstaben verschwanden nicht.

»Nein!«, stieß sie halblaut hervor.

Dann war alles wieder vorbei, doch ihr stiegen die Tränen in die Augen. Laut schluchzend fiel sie vor dem Grab auf die Knie und vergrub das Gesicht in den Händen.

»Nein!«, schluchzte sie noch einmal auf.

Jana nahm die zittrigen Hände vom Gesicht. Wieder verschwamm das Grab vor ihren Augen, diesmal wegen ihrer Tränen. Warum hatte er ihr nie erzählt, wo er die ganze Zeit gesteckt hatte? Hatte sie ihn nicht gesehen, in der Dunkelheit? Manchmal mit einem roten Umhang, manchmal einen großen Rubin um den Hals. Warum hatte sie sich nie gefragt, was dieser Rubin für eine Rolle spielte?

Plötzlich versiegten ihre Tränen und Jana hob den Kopf. Bis heute hatte niemand die Todesursache herausfinden können, bis heute... Jana holte das Stück Papier aus ihrer Hosentasche und faltete es auseinander. Noch einmal las sie den Artikel durch, dann stand sie auf. Festentschlossen schaute sie auf den Schriftzug des Grabes.

»Ich werde es herausfinden!«, flüsterte sie und schaute ein letztes Mal auf den Artikel. »Versprochen!«

Trotzdem fiel ihr die rote Schrift aus ihrer Vision ein: »Jugendliche bei Klippen verunglückt«

Es war schon viertel vor elf und Annette wusste, dass bald die ersten Reitschüler kommen würden. Trotzdem fing sie Lukas noch einmal im Büro ab. Er sah sie halb erwartungsvoll, halb besorgt an, als sie nach dem Zeitungsartikel suchte. Doch der lag nicht mehr an der Stelle, an der sie ihn am Morgen hingelegt hatte.

»Du suchst doch nicht etwa den Artikel, oder?«, fragte Lukas.

»Doch!«, antwortete Annette und schaute ihn verzweifelt an.

Er seufzte und zog sie auf seinen Schoß.

»Anni, jetzt hör doch mal auf. Jana hat doch selbst gesagt, dass es ihr gut geht. Du machst dir viel zu viele Sorgen«, flüsterte er beruhigend, aber auch etwas streng.

»Das hast du bei Jakob auch gesagt!« Sie schniefte. »Und dann...dann« Sie ließ den Satz in der Luft hängen, denn sie wussten beide, was dann passiert war.

»Du weißt doch gar nicht, ob Jana wieder Visionen hat. Außerdem bedeutet eine Vision nicht gleich, dass jemand stirbt!«

»Aber sie meinte, dass sie wieder diesen Traum hat«, entgegnete Annette trotzig.

Warum widersprach sie eigentlich? Vielleicht hatte Lukas ja recht. Sie machte sich wirklich zu viele Sorgen.

»Weißt du...«, durchbrach Lukas das Schweigen.

Er räusperte sich. »Jetzt glauben sie, dass es in der alten Burg spukt.«

Sie sah ihn erstaunt an. Was wollte er damit sagen?

»Wie meinst du das?«, fragte sie.

Lukas griff ins Regal hinter sich und holte die Zeitung hervor, die er vor Kurzem noch gelesen hatte. Er blätterte eine Weile suchend darin herum, bis er sie ihr schließlich in die Hand drückte und auf einen Artikel deutete. Schnell überflog Annette ihn.

»Die Burg«, murmelte sie. »Jakob ist nicht weit von ihr gefunden worden.«

»Genau«, sagte Lukas. »Er hatte doch von diesem Lord Braton geredet. Da drin steht, dass man in den oberen Bereichen Bilder von ihm und seiner Frau gefunden hat. Allerdings passierten merkwürdige Dinge bei den Untersuchungen und man konnte nicht tiefer eindringen. Deshalb haben sie die Burg schon vor Jahrzehnten aufgegeben. Aber seit einigen Jahren passiert hier und da mal was Merkwürdiges und...«

»Und das haben ein paar Journalisten aufgeschnappt und krempeln die ganze Geschichte wieder auf«, vollendete Annette den Satz und seufzte.

»Ja!« Lukas nickte seufzend. »Jetzt bringen sie Unfälle in der Nähe damit in Verbindung.«

Annette vergrub stöhnend das Gesicht in ihren Händen.

»Also auch Jakob«, murmelte sie niedergeschlagen.

Lukas seufzte nur als Antwort. »Schlimm genug, dass Jana wieder von den Gängen träumt.«

Annette hob den Kopf. »Also doch!«

»Ich gebe zu, dass es wahrscheinlich gefährlich werden wird, aber das heißt noch lange nicht, dass hier irgendjemand stirbt!«, sagte Lukas mit Nachdruck. »Sie sollte uns nur erzählen, wann sie Visionen hat und was darin vorkommt. Vielleicht können wir sie ja dieses Mal richtig deuten«, fügte er hinzu.

»Aber«, begann sie, doch er unterbrach sie.

»Kein aber. Und jetzt hörst du auf dir ständig einen Kopf zu machen, ja?« Seine Stimme klang streng und diesmal schwieg Annette.

Er schlang seine Arme um sie und zog sie enger an sich. Annette legte den Kopf auf seine Schulter und schloss die Augen. Er hatte ja recht. Sie tat ja so, als könnte Jana jeden Augenblick etwas zustoßen.

»Aber wir hätten sie wenigstens vor der Burg warnen können!«, setzte sie dann doch noch einmal hinzu.

»Nur weil es in der Zeitung steht?«, fragte Lukas mit gehobener Augenbraue zurück und sie seufzte.

»Schon gut«, murmelte sie.

Man durfte nicht alles glauben, was in der Zeitung stand, besonders bei solchen Themen. Diese Artikel wurden nur geschrieben, weil manche Journalisten nur sensationslüstern waren.

Da ertönten Stimmen auf dem Hof. Die ersten

Reitschüler kamen. Sie löste sich aus der Umarmung und stand auf.

»Ich muss los«, sagte sie und drückte Lukas einen Kuss auf die Wange. Dann ging sie hinaus.

»Wehe, du bringst den Kindern nichts Ordentliches bei!«, rief Lukas ihr mit gespielter vorwurfsvollen Stimme hinterher, sodass sie lachen musste.

Nachdenklich ritt Jana ihre tägliche Runde. Erst als sie das Rauschen des Meeres vernahm, blickte sie auf. Wirbelwind trabte fröhlich auf die Wellen zu. Schnell schob Jana den Gedanken an ihren Bruder beiseite. Du kannst dir später darüber den Kopf zerbrechen, dachte sie sich und trieb Wirbelwind an. Ausgelassen sprang er in den Wellen herum, dass es nur so spritzte. Und für einen Augenblick konnte sie Jakob wirklich vergessen.

Nach einer Weile setzte sich Jana völlig außer Atem auf den Felsen nahe dem kleinen Leuchtturm. Sie schaute den Wellen zu, wie sie sich am Strand brachen, und sie schaute auf Wirbelwind, der immer noch im Wasser so ausgelassen tobte, als gäbe es nichts Böses auf der Welt. Ja, als gäbe es nichts Böses auf der Welt. Wieder musste Jana an Jakob denken. Wie oft hatte er auf diesem Felsen mit ihr gesessen und ihr lustige Geschichten erzählt? Wie oft hatten sie hier gesessen und den Sternen zugeschaut? Jana schaute aufs Meer hinaus. Und wie oft hatten sie einfach nur dagesessen und aufs Meer hinausgeschaut?

Schnell blinzelte sie die Tränen weg, die ihr in die Augen stiegen. Sie stand auf und rief nach Wirbelwind. Obwohl er nur ein paar Meter von ihr weg war, beruhigte er sich erst, als Jana ihn an den Zügeln packte und aus dem Wasser zog. Es dauerte eine Ewigkeit bis sie ihn durch die wenigen Badegäste an den Bohlenweg zurückgeführt hatte. Immer wieder bäumte er sich auf und riss den Kopf in Richtung Meer. Klar, sie wäre auch gerne hiergeblieben. Aber deswegen musste man doch nicht so einen Aufstand machen!

Als er sich wieder einmal aufbäumte und sie dabei fast umriss, nahm sie ihn ganz kurz an den Zügeln und zischte gereizt: »Morgen kommen wir doch wieder!«

Und als hätte Wirbelwind die Worte verstanden, beruhigte er sich ein wenig. Allerdings tänzelte er unruhig, als Jana endlich in den Sattel steigen konnte. So sicher war sich Jana da aber nicht, denn schließlich wollte sie die Todesursache von Jakob herausfinden und nicht ihm hinterher trauern! Unwillkürlich tastete sie nach dem Zeitungsartikel in ihrer Hosentasche. Den würde sie noch einmal genau durchlesen, denn das war alles, was sie hatte.

Als sie auf den Hof ritt, stand ihre Mutter schon am Küchenfenster. Jana schaute auf die Uhr. Es war schon viertel nach zwölf. Hastig brachte sie Wirbelwind auf die Weide, doch als sie in die Küche kam, war es halb eins.

»Wo warst du denn so lange? Das Essen wird doch kalt!«, fragte ihre Mutter vorwurfsvoll.

»Ich war am Meer«, murmelte Jana entschuldigend.

Sie war auf einmal unglaublich müde und erschöpft. Was war bloß los mit ihr?

Jana ließ sich auf die Eckbank fallen. Ihr Vater

sah ihre Mutter beruhigend an, die immer noch angespannt am Fenster stand. Daraufhin setzte sie sich auch an den Tisch, doch sie schaute Jana weiterhin besorgt an. Was glaubte sie denn, was Jana auf dem Ausritt machte? So schlimm war es nun auch wieder nicht, dass sie eine Viertelstunde zu spät kam, fand sie, doch sie ließ sich nichts anmerken. Oder ahnte sie, dass sie auf Spurensuche ging?

Schweigend aß Jana ihren Teller leer und ging nach dem Abräumen in ihr Zimmer. Dabei entging ihr allerdings nicht, dass ihre Eltern besorgte Blicke wechselten. Lass dir bloß nichts anmerken!, dachte Jana. Sie verbieten es dir am Ende noch. Doch das war gar nicht so leicht, wenn man plötzlich hundemüde war. Hoffentlich dachte ihre Mutter nicht, dass sie krank wurde, denn dann konnte sie sich das Ausreiten abschminken und somit auch die Spurensuche. Seufzend ließ sich Jana auf ihr Bett fallen und kramte den Zeitungsartikel aus ihrer Hosentasche. Bei seinem Anblick musste sie an den vergangenen Morgen denken. Ihr Vater hatte die Zeitung in der Hand gehabt, als er an ihr vorbeigehastet war. Da überfiel sie das unbestimmte Gefühl, dass ihr die heutige Zeitung vielleicht weiterhelfen könnte. Doch als Jana gerade die Treppe hinuntergehen wollte, bemerkte sie, dass ihre Eltern über irgendwas in der Küche diskutierten. Um ins Büro zu kommen, musste sie an der Küche vorbei. Da ihre Mutter aber ein gutes Gehör hatte, verschob sie es lieber auf später und schlich in ihr Zimmer zurück. Vorsicht ist die Mutter der Porzellankiste, dachte sie. In ihrem Zimmer setzte sie sich wieder aufs Bett und stützte den Kopf auf die Ellenbogen. Sie dachte nach. Was ihre Vision bedeuten sollte, war nicht schwer zu verstehen. Ihr würde irgendetwas bei den Klippen zustoßen. Wahrscheinlich würde sie sogar sterben. Wer sonst sollte gemeint sein? Aber warum? Und warum waren die Buchstaben nicht schwarz, sondern rot? Was hatte diese verdammte Farbe mit dem Tod ihres Bruders zu tun?

Jana nahm den Zeitungsartikel, der neben ihr lag, und faltete ihn auseinander.

Gestern Abend wurde ein Zwanzigjähriger tot in der Nähe der Burg Hohenrote gefunden. Sein Oberkörper und Hals sind von Stichwunden übersät, doch wer und warum diesen brutalen Mord begangen hat, ist weiterhin unklar.

Jana hob den Kopf. Die Burg! Sie schnappte sich ihr Handy und googelte »Burg Hohenrote«. Im Internet fand sie mehrere Artikel über die »Geisterburg«. Angeblich solle es in der Burg spuken, weshalb man nie ganz in sie eindringen konnte. Jana legte die Stirn in Falten und dachte angestrengt nach. Eigentlich glaubte sie nicht an Geister. Doch irgendwas sagte ihr der Name Lord Braton. Nur was? Schließlich suchte sie nach ihm und wurde fündig. Ihr blieb fast das Herz stehen, als sie ein Gemälde

25

von Lord Braton fand. An seinen dicken Wurstfingern prangten prächtige Ringen, den größten schmückte ein Rubin. Über seinen Schulter lag ein mausgrauer Mantel, der aussah wie ein Nerzmantel, der seine besten Jahre schon hinter sich hatte. Das versteinerte Gesicht hatte strenge Züge und war von tiefen Falten durchfurcht. Unter der aschfahlen Fellmütze schaute das halblange, pechschwarze Haar heraus. Der goldene Nasenring mit dem leuchtenden Rubin wollte nicht so recht in das düstere Gesamtbild des Lords passen. Doch ihr wollte immer noch nicht einfallen, woher sie ihn kannte. Das Bild hatte sie irgendwo schon einmal gesehen. Trotzdem machte sie ein Bild von dem Gemälde. Vielleicht könnte sie es ja noch gebrauchen. Dann stand sie auf und steckte ihr Handy in die Hosentasche. Sie wollte sich ein eigenes Bild von der Burg machen.

Als sie die Treppe herunterschlich, war es still in der Küche. Vorsichtig stieß sie die Küchentür auf. Weder ihre Mutter, noch ihr Vater waren zu sehen. Schnell hastete Jana zum Büro, denn sie hatte das Gefühl, dass ihre Eltern nicht wollten, dass sie die Zeitung sah. Doch ihr Plan scheiterte kläglich, als sie das Klappern der Computertastatur hörte. Damit niemand merkte, dass sie gelauscht hatte, ging sie schnell weiter. Das Zeitunglesen musste sie wieder auf später verschieben.

Als sie aus der Tür trat, fuhr gerade Mareike mit dem Fahrrad auf den Hof.

»Hallo, Jana!«, rief sie ihr zu. Sie bremste scharf und kam direkt vor Jana zum Stehen. »Kann ich heute auf Wirbelwind reiten?«, fragte sie auch gleich, bevor Jana ihren Gruß erwidern konnte.

»Klar«, meinte sie nur, denn Jana wusste, dass Mareike ihr eigenes Pferd schonen musste und nicht reiten durfte.

»Danke«, strahlte Mareike und schob ihr Fahrrad an Jana vorbei auf den Stall zu.

»Bitte, bitte«, murmelte Jana leise, denn ihr wurde so eben bewusst, was sie gesagt hatte. Sie selbst musste nun mit dem Fahrrad zur Burg fahren. Nicht, dass das schlimm wäre. Aber Jana hatte sich vorgenommen, sehr vorsichtig zu sein. Denn so lange Jakobs Tod nicht aufgeklärt ist, konnte sie nicht wissen, ob sein Mörder es auch auf sie abgesehen hatte. Welcher Mörder will schon geschnappt werden?

»Mitwissende töten«, schoss es ihr durch den Kopf. Das hatte in irgendeinem Buch gestanden, das sie mal gelesen hatte. Ach, Quatsch!, dachte sie und vertrieb den Gedanken gleich wieder aus ihrem Kopf. Du hast zu viele Krimis gelesen! Trotzdem nahm sich Jana vor, vorsichtig zu sein, zumal sie sich bei diesem Ausflug nicht auf Wirbelwind verlassen konnte, der manchmal von ganz alleine nach Hause lief.

Jana schwang sich auf ihr Fahrrad und fuhr entschlossen vom Hof.

Lukas hatte keine Ahnung, wie er Annette noch beruhigen konnte. Er machte sich schließlich ja auch Sorgen, Janas Verhalten kam ihm in letzter Zeit komisch vor. Oder bildete er sich das etwa nur ein?

Nachdem Jana nach dem Mittagessen schweigend in ihr Zimmer verschwunden war, wollte er mit Annette reden. »Sie ist in letzter Zeit so verschlossen«, meinte er. »Glaubst du wirklich, dass es was mit Jakob zu tun hat?« Er sah sie fragend an. Sie musste ja einen Grund dafür haben, dass sie mehr hinter Janas seltsamen Verhalten sah.

»Ich weiß nicht«, murmelte sie unsicher. »Jakob war auch so verschlossen und zurückgezogen.«

»Das heißt aber noch lange nicht, dass sie genauso endet wie Jakob. Außerdem hat sie dir doch ohne zu zögern von dem Traum erzählt.« Warum tat er das? Er machte sich doch genauso viele Sorgen wie Annette, auch wenn er sich und Annette das Gegenteil einzureden versuchte.

Sie seufzte tief. »Ich weiß, dass du dir auch Sorgen machst. Ich seh's dir doch an.« Sie nahm ihn in den Arm, als wolle sie ihn beruhigen. Doch er spürte an ihren schnellen Atemzügen, dass sie nervös war. Irgendetwas hatte sie noch auf dem Herzen.

»Was ist? Was schlägst du vor, was wir jetzt machen werden?«, fragte Lukas deshalb.

Annette zögerte ein wenig, aber dann antwortete sie leise: »Ich möchte nicht, dass Jana zur Burg geht. Jakob war auch oft dorthin unterwegs.«

»Aber wieso sollte sie auf die Idee kommen, überhaupt dorthin zu gehen?« Lukas legte zweifelnd die Stirn in Falten.

»Wie ist Jakob auf die Idee gekommen?«, fragte Annette zurück.

Lukas seufzte. Sie hatte recht. »Na gut«, meinte er und löste sich aus der Umarmung. »Wir sollten dafür sorgen, dass sie weder den Artikel von früher, noch den von heute in die Finger kriegt.«

Annette nickte und sie gingen ins Büro. Suchend sah sich Lukas um. Die Zeitung lag noch an derselben Stelle, an der er sie am Morgen hingelegt hatte.

»Der Zeitungsartikel fehlt«, stellte Annette fest.

»Der hat doch schon heute morgen gefehlt«, entgegnete Lukas.

Annette schaute ihn erst erstaunt, dann erschrocken an. »Du hast ihn nicht weggelegt, damit ich nicht als nach ihm suche?«, fragte sie und da wurde Lukas klar, was er da eben gesagt hatte.

Ja, der Zeitungsartikel fehlte. Und Lukas hatte eine böse Ahnung, warum.

»Ach, das ist doch unwichtig. Das steht doch sowieso alles im Internet«, meinte er ausweichend, doch es klang nicht sehr überzeugend.

»Bist du dir sicher?«, fragte Annette unsicher.

Jetzt erst wurde Lukas bewusst, was das bedeuten könnte. Der Schock ließ ihn nur noch murmeln: »Ich glaub schon« Mit einem unguten Gefühl im Magen fuhr er den Computer hoch. Annette seufzte tief, während seine Finger über die Tastatur hasteten.

»Das kann doch wohl nicht wahr sein«, murmelte sie fassungslos und Lukas wusste nicht, ob sie das Internet meinte oder die Tatsache, dass Jana in Gefahr sein könnte.

Ihr Fahrrad holperte den Waldweg entlang und Jana hatte Mühe, nicht über eine Baumwurzel zu fallen. Ihre Arme brannten vom Festhalten, während sie kräftig durchgeschüttelt wurde. Durch das ständige Auf und Ab war ihr Sichtfeld total verwackelt, und sie war froh, als sich der Weg teilte und sie anhalten musste. Als ihr Fahrrad zum Stehen kam, holte sie erst mal tief Luft. Dann schaute sie sich ratlos um. Ging es links oder rechts zur Burg? Eigentlich müsste sie geradeaus. Aber dorthin führte kein Weg. Oder doch? Denn beim genaueren Hinsehen entdeckte sie einen kleinen Trampelpfad. Er schien direkt zur Burg zu führen. Jana stieg vom Fahrrad und zog es mit sich durch das Geäst auf den Pfad. Dort lehnte sie es an den nächstbesten Baum. Hinter dem Strauch öffnete sich das Gebüsch ein wenig, sodass sie sich nicht hindurch kämpfen musste. Trotzdem kam sie nicht sehr schnell voran, denn sie musste sich ständig unter einem Ast hindurch bücken oder über eine große Wurzel steigen. Hoffentlich ist das auch der richtige Weg, dachte Jana, während sie vorsichtig durch die Blätter spähend herauszufinden versuchte, wohin der Weg führte.

Der kleine Pfad schlängelte sich wie eine Schlange um die Bäume und schien nicht in die Natur eingeschnitten zu sein wie die befestigten Waldwege. Stattdessen schien er mit dem Wald verbunden zu sein, weshalb er wohl auch noch nicht von der Natur zurückerobert worden war.

Plötzlich blieb Jana wie angewurzelt stehen. Der Pfad endete abrupt im Gebüsch. Sie schaute sich um. Es gab keinen anderen Weg. Deshalb bog sie die Zweige auseinander und zwängte sich hindurch. Hinter dem Strauch öffnete sich das Gebüsch und gab den Blick auf eine kleine Lichtung frei. Sie schaute sich um, in der Hoffnung, einen weiteren Pfad zu finden. Bei den ganzen Kurven hatte sie komplett die Orientierung verloren und wusste nicht mehr, in welche Richtung sie musste. Zögernd trat sie weiter auf die Lichtung, alles schien plötzlich gleich auszusehen. Wo war sie nur gelandet? Wenn ich mir doch nur irgendwie einen Überblick verschaffen könnte, murmelte sie und sah sich suchend nach einem geeigneten Baum um. Auf die alte Eiche, die ihr gegenüber stand, schien man am besten klettern zu können. Zielstrebig ging Jana auf sie zu. Sie stemmte einen Fuß gegen den Stamm und krallte ihre Finger in die Rinde. Dann stieß sie sich mit den Füßen kraftvoll vom Boden ab. Gerade so erreichte sie mit den Händen den untersten Ast und zog sie daran hoch. Doch gerade als sie sich auf den Ast schwingen wollte, hielt sie inne. Unter ihr entdeckte sie einen kleinen Trampelpfad, der allerdings nicht so ausgetreten war wie der andere. Jana sah nach hinten. Der Pfad, auf dem sie gekommen war, war genau gegenüber von dem, den sie gerade entdeckt hatte. Vielleicht ist das der Anschluss an den anderen, dachte Jana und ließ sich auf den Weg hinunterfallen. Hier musste sie sich schon ein bisschen durchs Geäst kämpfen und je weiter sie ging, desto dichter wurde das Gebüsch. Sie wollte schon umdrehen und nach einem anderen Weg suchen, da öffnete sich vor ihr eine kleine Grasfläche, die auf der einen Seite von Bäumen und von der anderen Seite von einem angrenzenden Hügel eingerahmt wurde. Am Fuße des Hügels lagen verstreut einzelne Felsbrocken, was eigentlich überhaupt nicht in diese Gegend passte. Jana sah den Hügel nachdenklich an. Lag die Burg nicht auf einer kleinen Anhöhe? Sie lief über die kleine Wiese auf den Hügel zu. Denn dann müsste sie nur um den Hügel herum und schon wäre sie da. Dieser Gedanke ließ sie neue Kraft schöpfen und obwohl sie überhaupt keine Lust mehr auf Laufen hatte, sprang sie vollen Mutes über einen Felsbrocken. Direkt in einen Fuchsbau. Jana blieb mit einem Fuß stecken und fiel in die feuchte Erde. Leise fluchend zog sie ihren verdreckten Fuß aus dem Erdloch und klopfte notdürftig den Dreck von ihrem Schuh. Jetzt würde ihre Mutter ihr nicht mehr abkaufen, dass sie angeblich am Strand gewesen war. Als sie aufstand, bemerkte sie einen großen Schuhabdruck neben dem von ihrem Turnschuh. Jana zog die Stirn kraus. Am Rand des Fuchsbaus sah sie jetzt beim genaueren Hinsehen große Handabdrücke. Und es sah ganz danach aus, als wäre dieser Jemand in den Fuchsbau hineingekrabbelt. Aber wie konnte ein so großer Mensch in einen Fuchsbau passen. Wie sie so darüber nachdachte, fiel ihr auf, dass dieses Loch eigentlich viel zu groß für einen Fuchsbau war. Das wollte sie sich genauer anschauen. Sie kniete sich neben das Loch und holte ihr Handy heraus. Mit der Taschenlampe leuchtete sie hinein und stellte fest, dass sich der kleine Tunnel erweiterte, sodass man hineinkrabbeln konnte. Jana zögerte einen Augenblick, schließlich wollte sie die Todesursache ihres Bruders herausfinden und nicht in irgendwelchen Erdhöhlen herumkriechen. Doch dann fasste sie sich ein Herz und kroch durch das Loch. Ihr Bruder musste warten, schließlich hatte sie noch genug Zeit.

Ein lautes Klopfen ließ ihn aus dem Sessel hochfahren.

»Bleib ruhig sitzen«, meinte Aristinia mit einem leicht spöttischen Lächeln.

Seufzend ließ er sich wieder in die weichen Polster plumpsen. Sie hatte ja recht. Wieso war er nur so schreckhaft? Er wusste doch, dass er bei ihr sicher war. Trotzdem beobachtete er angespannt, wie sie zu Tür ging und öffnete. Es war ein Diener, der nach Luft rang, als hätte er einen 1000-Meter-Lauf im Sprint hingelegt.

»Ist etwas passiert?«, fragte Aristinia besorgt.

Der Diener nickte und schüttelte gleich darauf den Kopf. »Ich weiß nicht, ob Ihr es schlimm findet, aber der Lord hat so eben Nachricht erhalten, dass ein Eindringling unterwegs in sein Reich ist. Ich habe den Auftrag bekommen, Euch davon zu berichten.« Dann drehte er sich um, so wie es im Hause üblich war. Diener wurden nur gerufen, wenn sie gebraucht wurden und deshalb machten die meisten auch nur das Nötigste.

Grußlos schloss Aristinia die schwere Tür und setzte sich wieder in ihren Sessel ihm gegenüber.

»Was meinst du?«, fragte sie, »Ob er gleich wieder verschwinden wird, so wie die meisten?«

»Oder sie«, sagte er mit gemischten Gefühlen.

Aristinia seufzte. »Das sagst du immer. Könntest du mir wenigstens verraten, warum du da so genau bist?«

Doch er schwieg. Er wusste genau, warum er das sagte. Und er hatte seiner Meinung nach auch allen Grund, sich Sorgen zu machen. Seufzend legte er den Kopf gegen die Polster und schloss für einen Moment die Augen. Dann sah er zur Decke hinauf, so wie immer wenn er an die Vergangenheit denken musste. Damals, als er noch bei seiner Familie auf dem Hof lebte. Damals, als er noch überall hindurfte. Damals, als er... Ach, ist doch egal, dachte er und blinzelte ärgerlich die Tränen weg, die ihm in die Augen gestiegen waren. So wie immer, wenn er an die Vergangenheit denken musste. Der Rauch, der ihm in die Nase stieg, holte ihn aus seinen Gedanken. Er löste den Blick von der Decke und sah zu Aristinia hinüber. Sie hatte sich eine Zigarre angesteckt. Er hasste diesen Geruch noch mehr als Zigarettenqualm.

»Oh, entschuldige. Aber ich brauchte eine«, sagte Aristinia entschuldigend, als sie sein angewidertes Gesicht bemerkte. Genüsslich zog sie an der Zigarre. »Immer wenn du so an die Decke starrst, hab ich das Gefühl, dass du an früher denkst. Du könntest mir wenigstens mal etwas erzählen. Es ist so langweilig hier drinnen.« Sie sah ihn auffordernd an und er sah die Abenteuerlust in ihren Augen aufblitzen. Wie ein Kind sah sie plötzlich aus. Wie hatte sie es nur so lange in diesen Gemäuern aushalten können? Er selbst wurde schon nach ein paar Tagen fast verrückt.

»Ach, komm schon! Du weißt doch, dass ich schon eine Ewigkeit nicht draußen war!« Sie rutschte auf die Kante ihres Sessels und beugte sich erwartungsvoll nach vorne. Er musste lachen. »Siehst aus wie ein dreijähriges Kind, das unbedingt eine Gute-Nacht-Geschichte haben will.«

Jetzt musste Aristinia auch lachen. »Eine Dreijährige mit Zigarre!« Ihr Lachen ging vom Rauch in ein Husten über.

Doch sein Lachen war längst erloschen. Ja, dachte er, wie meine kleine Schwester. Er senkte traurig den Blick. Sie hatte sich immer an sein Bein geklammert und ihn mit so großen flehenden Augen angesehen, dass er immer nachgeben musste. Er hatte sich mit ihr auf dem Heuboden verkrümelt und während er ihr dann eine Geschichte erzählte, hatte sie ihn immer ganz gespannt angeschaut. Jetzt konnte er nicht mehr verhindern, dass ihm die Tränen über die Wangen liefen. Selbst als sie schon älter war und er schon fast erwachsen, hatte sie seine Geschichten geliebt. Er hob den Kopf und sah Aristinia durch die tränenverhangenen Augen an. Erschrocken hörte sie auf zu husten.

»Genau so!«, flüsterte er mit belegter Stimme. »Genauso hat sie mich immer angeschaut, wenn sie eine Geschichte wollte.« Er schluckte, doch der Kloß in seinem Hals blieb hartnäckig sitzen. Aristinia schwieg. Anscheinend traute sie nicht zu fragen, wen er meinte.

»Und wenn ich sie ärgern wollte, hab ich gesagt, dass ich keine Zeit hab. Dann hat sie sich wie ein kleines Kind an mein Bein geklammert, obwohl sie schon neun war. Und wenn ich ihr eine Geschichte erzählt habe, hat sie mich immer ganz gespannt angeschaut, obwohl sie ganz genau wusste, dass sie gut ausgehen würde.« Er lachte bitter. »Wie hatte ich nur so dumm sein können, und glauben können, dass diese Geschichte auch gut ausgeht!« Er spukte den Satz aus, als wäre er giftig. Dann schwieg er verbittert, während ihm immer noch die Tränen in Bächen die Wangen hinunter rannen.

Nach einer Weile atmete Aristinia geräuschvoll einmal tief ein und aus. Es schien, als rang sie mit sich selbst. Dann sagte sie fast tonlos: »Was hältst du davon, wenn wir sie mal besuchen?«

Erschrocken sah er auf. Mit einem Mal hörten die Tränen auf zu fließen. »Wie besuchen? Du weißt doch, dass wir nicht raus dürfen! Und außerdem...« Er zögerte.

»Was außerdem?«, fragte Aristinia. »Du weißt doch, dass man uns nur sehen oder hören kann, wenn tief genug in dieser Scheiße hier drin steckt!« Sie atmete einmal tief durch. »Entschuldige die Wortwahl«, sagte sie dann ruhig.

Er musste lächeln. »Das meinte ich nicht«, sagte er dann. »Meine Schwester hat Visionen, sie würde uns auch so hören.«

»Ach«, machte Aristinia. »Deine Schwester?« Sie

sah ihn erstaunt an.

»Ja, meine Schwester. Was hast du denn gedacht?«, fragte er zurück und konnte sich ein freches
Grinsen nicht verkneifen.

Sie schüttelte fassungslos den Kopf. Wenn Jana genau danach gesucht hatte, dann wird sie bestimmt auch ohne den Zeitungsartikel fündig geworden sein. Annette stand hinter Lukas am Schreibtisch und starrte fassungslos auf den Bildschirm. Ihr fehlten einfach die Worte.

»Ich wusste gar nicht, dass so viele Artikel über die Burg geschrieben wurden«, sagte Lukas trocken. Er schien genauso fassungslos zu sein wie sie.

»Aber das hätte man sich eigentlich denken können. Sie ist geheimnisvoll und mysteriös. Das schreit doch gerade zu nach einer guten Story.« Sie schnaubte bitter.

Lukas stand auf und begann auf und ab zu tigern. Annette ließ sich in den Bürostuhl fallen und schaute ihm dabei zu.

»Hör bitte auf damit!«, sagte sie nach einer Weile. »Das macht mich ganz nervös!«

Lukas seufzte und lehnte sich mit verschränkten Armen gegen die verschlossene Tür. Nachdenklich schaute er aus dem Fenster.

»Und jetzt? Was machen wir jetzt?«, fragte sie, während Lukas immer noch mit dem Kopf schüttelte.

»Normalerweise ist das alles ja nichts Außergewöhnliches. Aber das haben wir bei Jakob auch gedacht. Außerdem ist es ja auch nichts Normales, dass Jana Visionen hat. Da macht man sich natürlich schon Gedanken«, murmelte er vor sich hin. »Wir müssten ihre Visionen richtig deuten können, um herauszufinden, ob sie wirklich in Gefahr ist. Jakob hat doch immer von einem Lord Braton geredet und von einem Rubin beziehungsweise von der Farbe Rot.«

»Und sie sollte nicht auf die Idee kommen, Jakobs Tod nachzugehen. Das könnte sie in Verbindung mit Lord Braton bringen«, fügte Annette hinzu.

Lukas nickte. Dann seufzte er. »Ich hab irgendwie das Gefühl, dass wir uns viel zu viele Sorgen machen. Andererseits möchte ich nicht, dass sie auf dieselben dummen Gedanken kommt wie Jakob.«

Annette hob erstaunt eine Augenbraue. »Dumme Gedanken?«, fragte sie. »Er hat dir also doch mehr darüber erzählt«, stellte sie tonlos fest.

Lukas seufzte wieder. »Es war an dem Tag, an dem er verschwunden ist. Er hatte mir alles erzählt, von der Wette und wie er immer weiter in die Sache hineingezogen wurde. Dann ist er auf sein Fahrrad gestiegen und meinte, er wolle das Ganze ein für alle Mal klären. Ich wollte ihn aufhalten, aber er meinte, dass es nichts bringen würde, sich vor ihm zu verstecken. Er würde ihn überallhin verfolgen.«

Annette seufzte. »Und dann haben sie ihn niedergestochen.« Sie verzog verbittert das Gesicht. Doch sie konnte verstehen, dass Lukas ihn hatte ziehen lassen. Sie hatten alle gesehen, wie er gelitten hatte. »Ich kann dich verstehen«, flüsterte sie beruhigend. »Du brauchst dir deswegen keine Vorwürfe zu machen.«

»Trotzdem frage ich mich, ob es nicht eine andere Möglichkeit gegeben hätte.«

Annette sah, wie sich seine weichen Züge anspannten. Dann schloss sie die Augen und atmete ganz ruhig. Dann nickte sie zustimmend. »Wer würde sich das nicht fragen?«

Darauf sagte Lukas nichts. Eine ganze Weile war es totenstill im Raum.

»In was für eine Sache eigentlich?«, fragte Annette dann.

Doch Lukas zuckte nur mit den Schultern. »So genau hatte er es nicht gesagt.« Nur zu gerne hätte Annette gewusst, was gerade in Lukas' Kopf vorging. Seine braunen Augen zuckten unruhig, als er sich von der Tür abstieß.

»Hoffentlich ist sie noch nicht auf die Idee gekommen, Jakobs Tod auf den Grund zu gehen«, meinte er.

Annette stand auf, als er die Tür öffnete.

»Dann geh schon mal zu ihr hoch. Ich räum noch schnell die Spülmaschine ein«, sagte er und verschwand im Flur.

Nachdenklich sah Annette ihm nach. Es schien, als wolle er sich irgendwohin flüchten. Aber wer wollte das unter diesen Umständen den nicht? Sie seufzte und ging die Treppe hoch. Hoffentlich ging das jetzt nicht wieder von vorne los!

Sie klopfte an die Zimmertür, doch sie bekam keine Antwort. Auch sonst hörte sie kein Geräusch auf der anderen Seite der Tür. Alarmiert begann ihr Herz wie verrückt zu hämmern.

»Jana!«, fragte sie und klopfte noch einmal.

Wieder keine Antwort. Besorgt öffnete Annette die Tür, doch das Zimmer war leer. Auf dem Bett lag der Zeitungsartikel, den sie schon am Morgen gesucht   hatte.

Der Geruch von feuchter Erde stieg Jana in die Nase. Kein Wunder, es hatte in den letzten Tagen geregnet und das Loch lag im Schatten von einem großen Felsen. Die Erde klebte an ihren Knien und Jana wäre am liebsten aufgestanden. Sie konnte dieses unangenehme Gefühl nicht leiden. Vorsichtig leuchtete sie umher. Der Tunnel schien sich immer mehr zu erweitern. Trotzdem krabbelte sie weiter. Doch mit einer Hand kam sie nicht so gut vorwärts. Deshalb steckte sie ihr Handy wieder ein und tastete sich so gut es ging weiter. Der Weg schien immer steiniger zu werden, immer wieder schnitten ihr kleine Kiesel in die Knie. Vorsichtig stand Jana auf. Der Tunnel war so hoch, dass sie sich halbwegs aufrichten konnte und sich in gebückter Haltung weiter nach vorne tastete. Auf einmal spürte sie einen kalten Luftzug. Jana zuckte zusammen. Er hatte ihre rechte Schulter gestreift und prompt bekam sie eine Gänsehaut. Sie rührte sich für einen Moment nicht. Sie machte keinen Mucks, aber sie konnte auch nichts hören. Außer ihrem klopfenden Herzen und ihrem schnellen Atem war alles still.

Totenstill.

Doch tat sich nichts mehr. Ach, das hast du dir bestimmt nur eingebildet!, dachte sie sich und tastete sich weiter vorwärts. Trotzdem war ihr etwas mulmig zumute. Der Weg schien immer steiler zu werden. Allerdings ging es nicht bergauf, sondern bergab. Plötzlich spürte Jana eine Bewegung. Ein kalter

Luftzug strich wieder ihre Schulter. Das gab es doch nicht! Jana biss die Zähne zusammen. Diesmal blieb sie nicht stehen. Ihr war zwar ziemlich flau im Magen, doch diese mysteriösen Luftbewegungen unter der Erde weckten nicht nur das Misstrauen in ihr, sondern auch die Neugier. Also tastete sie sich immer weiter in den Hügel hinein. Plötzlich ging es steil bergab. Ihre Füße begannen zu rutschen und rissen viele Steine mit sich. Erschrocken stemmte Jana beide Hände gegen die Erdwand und versuchte sich so festzuhalten. Dann tastete sie vorsichtig den steilen Weg hinunter. Sie musste höllisch aufpassen, um nicht abzurutschen. Doch das war leichter gesagt als getan. Immer wieder trat sie auf einen lockeren Stein und verlor das Gleichgewicht. Verzweifelt krallte Jana ihre Finger in der Erde fest, die schon längst nicht mehr so locker war wie weiter oben. Sie wurde immer fester, sodass sie sich immer besser halten konnte. Immer wieder blieb Jana stehen, um sich zu vergewissern, dass sie Halt an der Wand fand. Trotzdem siegte irgendwann der Tunnel.

Der Stein, auf dem Jana gerade stand, löste sich, genau in dem Moment, in dem sie sich mit den Händen vorsichtig an der Wand nach vorne tastete. Sie stürzte nach vorne, war in diesem Schreckmoment nicht dazu fähig, sich an der Wand festzukrallen. Sie fiel vorneüber den Tunnel entlang, der immer steiler wurde. Nach ein paar Purzelbäumen gelang es ihr schließlich, auf dem Hosenboden sitzen zu bleiben und versuchte, mit den Füßen zu bremsen. Doch sie hatte bei ihrem Fall zu viele Steine ins Rollen gebracht, die sie jetzt den immer steiler werdenden Tunnel hinunterzogen. Schließlich wurde sie unsanft von einer weiteren Erdwand gestoppt. Sie stöhnte vor Schmerz auf. Ihr tat alles weh. Ihre Arme und Beine waren vom Rutschen aufgeschürft und ihr Kopf dröhnte vom Aufprall. Betäubt von diesem Schreckerlebnis blieb sie für einen Moment sitzen, um sich erst mal sammeln zu können. Dann setzte sie sich mühsam auf. Immer noch etwas benommen holte sie ihr Handy aus der Hosentasche und schaltete die Taschenlampe an. Wenigstens war das heil geblieben! Als sich ihre Augen an das grelle Licht gewöhnt hatten, erkannte sie, dass der schmale Tunnel nun in einer Höhle endete. Jana richtete sich auf. Die Höhle war vielleicht zwei Meter hoch und sie fragte sich, wie tief sie wohl unter der Erde war. Erleichtert seufzte Jana. Sie war froh, dass die Rutschpartie endlich vorbei war. Den Gedanken daran, dass sie auch wieder hinauf musste, schob sie einfach beiseite. Positiv denken, dachte sie. Das Positive ist, dass du nicht mehr rutscht.

Plötzlich strich sie wieder ein kalter Lufthauch und setzte ihrer guten Laune schlagartig ein Ende. Ihr lief ein eiskalter Schauer den Rücken hinunter. Unsicher leuchtete Jana die Höhle ab. Woher konnte er bloß kommen? Statt einer Antwort entdeckte sie ein kleines Loch in der Erdwand. Diese Luftzüge weckten ihr Misstrauen und Jana wurde von einer unbestimmten Kraft dazu gezwungen, diese Höhle zu verlassen. Doch anstatt durch den Tunnel nach draußen zu gehen, lief sie auf das kleine Loch am Boden zu. Als sie wieder eine Bewegung spürte, zwang sie sich hastig durch das kleine Loch. Dahinter dehnte sich ein weiterer Tunnel aus und Jana konnte sich wieder aufrichten. Sie atmete erleichtert auf. Doch kaum war sie ein paar Schritte gegangen, strich ihr ein Lufthauch um die Schultern. Es fühlte sich an, als würde er Jana umkreisen. Ganz langsam breitete sich die Angst in ihr aus. Was war das? Sie ging wieder ein paar Schritte. Obwohl sich ihr Brustkorb wie verrückt hob und senkte, atmete sie so flach, dass sie ihren eigenen Atemzug kaum noch spürte. Sie fühlte sich plötzlich eingeengt zwischen all den Erdwänden. Es war dasselbe Gefühl, das sie beschlich, wenn sie eine Vision hatte. Aber dieses Mal hatte sie keine Vision. Sie wollte hier raus. Doch ihre Sinne schienen von der Angst vernebelt, sie hatte völlig ausgeblendet, dass sie sich eigentlich nur umdrehen und durch das Loch zurückkriechen musste. Stattdessen stand sie da wie erstarrt. Ihr Herzschlag dröhnte in ihren Ohren. Plötzlich schien es Jana, als würden sich zwei nasse Lappen auf ihre Schultern legen. Trotzdem spürte sie ganz deutlich, dass es zwei Hände waren. Zwei knochige, kalte Hände. Erschrocken fuhr sie herum, doch da war nichts. Die Hände umklammerten ihre Schultern krampfhaft. Sie wollte sich losreißen, doch es gelang ihr nicht. Da löste sich der Druck und sie stolperte in die Dunkelheit. Obwohl sie ihr Handy in der Hand gehalten hatte, als könne es sie aus diesem Tunnel befreien, war es ihr aus der Hand gefallen. Hastig tastete sie danach. Als sie es mit ihren Fingerspitzen spürte, schien ein ganzer eiskalter Windstoß durch den Tunnel zu fegen. Jana umklammerte das Handy und stand auf. Wieder fuhr ihr ein Windstoß entgegen. Angstvoll wich sie immer weiter zurück, bis sie wieder die knochigen Finger spürte. Doch dieses Mal hatten sie Jana nicht an den Schultern gepackt, sondern wie ein Kaninchen im Genick. Plötzlich spürte sie den Boden unter ihren Füßen nicht mehr. Sie wurde geschüttelt und dann mit so einer Wucht auf den Boden aufgesetzt, dass ihre Knöchel schmerzvoll nachgaben.

»Verschwinde!«, zischte eine bedrohliche Stimme direkt neben ihrem Ohr.

Jana sprang auf und lief weiter, immer weiter. Nur weg von dieser Stimme. Zu ihrem Unglück bemerkte sie nicht, dass sie in die falsche Richtung rannte. Auf einmal ging der Tunnel in ein altes Mauergewölbe über. Doch das nahm sie gar nicht wahr. Die Angst trieb Jana immer weiter und weiter, direkt in ihr Verderben.

Vorsichtig zupfte sie ein Stofftaschentuch aus ihrer Tasche und reichte es ihm. Er nahm es dankbar an und putzte sich die Nase. Es hatte sie total geschockt, als er plötzlich angefangen hatte zu weinen. Sie wusste nicht, wie es war, wenn man plötzlich tot in irgendein Gemäuer gesperrt wurde und seine Familie nicht mehr sehen konnte. Sie stellte es sich schrecklich vor. Vor allem wenn man ein sehr gutes Verhältnis zu ihr hatte. Sie kannte dieses Gefühl »Familie« nicht.

»Weißt du«, begann sie zaghaft. »Ich kenne diese Mauern schon mein ganzes Leben lang und ich wurde auch immer in dieses Zimmer gesperrt, wenn ich unartig war.«

»Du warst unartig?«, unterbrach er sie und schaute sie mit gehobener Augenbraue an. Die blauen Augen glitzerten noch immer verdächtig. Seine Stimme war immer noch etwas belegt, doch es wurde schon besser. Sie sah die kleinen Grübchen, die sich um seine Mundwinkel kräuselten, wenn er lachte.

»Ja«, gab sie zu. »Ich war auch mal unartig. Aber was ich eigentlich sagen wollte, ich habe meine Familie nie vermisst, weil wir ja alle zusammen hiergestorben sind.« Und weil sie mir nie das Gefühl gaben, wichtig zu sein, fügte sie in Gedanken bitter hinzu

Er nickte leicht und bedächtig, als wäre es gar nicht an sie gerichtet. »Ich habe auch nie an Geister geglaubt, wie meine Schwester. Wir haben immer nur an unseren gesunden Menschenverstand geglaubt.« Er seufzte tief. Er sah auf einmal todunglücklich aus. Dann hob er wieder den Kopf. »Meinst du, dass wir wirklich raus dürfen?«

Aristinia versuchte lässig mit den Schultern zu zucken. In ihr tobte die Angst vor ihrem Bruder. »Ich glaube nicht, aber ich war schon ein paar hundert Jahre nicht mehr draußen. Es wird langsam Zeit, dass ich die Sonne mal wieder sehe.« Mal ehrlich: Sie wusste nur aus den Erzählungen von Jakob, welche Jahreszeit es war. Und der wusste es nur, weil er manchmal ausbüxte.

Er schaute sie verblüfft an, als sie sich aus dem Sessel erhob. »Du willst jetzt wirklich raus?«, fragte er fassungslos.

»Ja, warum denn nicht?« Sie lächelte ihn aufmunternd an, doch er machte keine Anstalten aufzustehen. Da nahm sie kurz entschlossen seine Hand und zog ihn aus dem Sessel.

»Komm jetzt! So lange mein Bruder beschäftigt ist, haben wir Zeit zu verschwinden.« Sie wartete erst gar nicht auf seine Antwort. Sie zog ihn einfach aus dem Zimmer hinaus und durch das Gewölbe. Sie kannte den Weg in und auswendig. Wie oft war sie hierher gekommen und war doch wieder zurückgegangen, weil sie Angst vor ihrem großen Bruder hatte. Es war etwas, um dass sie Jakob beneidete. Das unbeschwerte, schöne Verhältnis zwischen Bruder und Schwester. Während er seiner Schwester Geschichten erzählt hatte und sie zusammen lachten, hatte ihr Bruder sie geschlagen und in ihr Zimmer gesperrt.

Wie immer verlangsamten sich ihre Schritte, je näher sie dem Ausgang kamen.

»Was für eine Jahreszeit ist denn gerade?« Sie versuchte möglichst unbefangen zu klingen. Jetzt kam nur noch eine Ecke, dann waren sie da...

»Sommer«, antwortete Jakob etwas verwundert. »Wieso?«

Doch Aristinia blieb wie angewurzelt stehen. Sommer war ihre Lieblingsjahreszeit. Es war die Jahreszeit, in der man ins Meer konnte ohne dass ihr Bruder ausrastete. Zu Lebzeiten war sie im Sommer mehr draußen als in der Burg gewesen. Und jetzt? Jetzt würde sie... Sie hielt die Luft an. In ihr wurde ein heftiger Kampf zwischen Sehnsucht nach draußen und Angst vor ihrem Bruder ausgetragen.

»Was ist?«, fragte Jakob besorgt, doch sie schüttelte nur den Kopf. Sie starrte wie hypnotisiert auf die leuchtenden Punkte, die die Sonne durch die Blätter auf den Boden malte. Die Angst lähmte ihren Körper. Sie konnte es einfach nicht. Was wenn ihr Bruder davon erfuhr? Andererseits wollte sie nach draußen. Sie musste!

Diesmal war es Jakob, der sie weiter zog. Sie gingen auf den Busch zu, der über den Ausgang gewachsen war und ihn so versteckte. Zögernd schob er die Äste beiseite. Die Sonne stach ihr in die Augen und sie kniff die Augen zusammen. Wieder wurde sie weiter gezogen, bis sie nicht mehr auf den kalten Steinen stand, sondern das weiche Gras unter ihren Füßen spürte. Das Kribbeln an ihren Fußsohlen breitete sich in ihr aus und ließ sie eine Gänsehaut bekommen. Eine Gänsehaut aus Glück und Freude. Auf einmal war die Angst vor ihrem Bruder wie weggeflogen. Oh, wie hatte sie es nur all die Jahre in den stinkenden Gemäuern ausgehalten? Sie hatte vergessen, wie sich das Sommergras unter den Füßen anfühlte. Sie hatte vergessen, wie es kitzelte, wenn ihr die warme Sonne ins Gesicht schien. Sie hatte vergessen, wie die frische Luft roch. Freudentränen stiegen ihr in die Augen.

»Geht es dir gut?«, flüsterte Jakob besorgt.

Sie schluckte. Jetzt rannen ihr die Tränen über die Wangen. »Mir könnte es nicht besser gehen!«, antwortete sie dann mit einem so glücklichen Lächeln im Gesicht, dass sie glaubte, es könne für immer dort bleiben.

Er lächelte und drückte sanft ihre Hand, die er immer noch hielt. Sie ließ sie los und setzte vorsichtig einen Fuß vor den anderen. Bei jedem Schritt glaubte sie, vor Glück zu platzen. Sie hatte es getan. Sie war rausgegangen. Sie hatte sich gegen ihren Bruder durchgesetzt. Ja, sie war nicht von ihm abhängig, sie war frei! Bei dieser Erkenntnis schien eine schwere Last von ihren Schultern zu fallen. Sie atmete erleichtert auf.

»Halt mich nicht für verrückt, wenn ich gleich vor Freude ausraste.« Sie spürte förmlich, wie sie vor Glück strahlte. Darauf lachte er nur. »Lass uns zum Meer gehen«, schlug er vor. Sie erwiderte sein Lächeln voller Freude.

Als sie kurze Zeit später knöcheltief im Wasser den Strand entlangliefen, wurde Jakob immer stiller. Ein bedrücktes Schweigen breitete sich aus, nur unterbrochen von dem Rauschen der Wellen und dem Kreischen der Möwen.

Freute er sich denn gar nicht, wieder draußen zu sein? Schon als sie vorhin über eine kleine Lichtung, nahe der Burg, liefen, schien er auf einmal bedrückt zu sein. Da erinnerte sie sich, dass er bei dem Gedanken an seine Schwester geweint hatte. Er vermisste seine Familie.

Aristinia wandte sich vom Strand ab und zog ihn hinter sich her.

»Wo willst du hin?«, fragte er verwundert.

»Wo willst *du* hin?«, fragte sie zurück und ging in Richtung Reiterhof. Aus den Erzählungen von ihrem Bruder hatte sie herausgefunden, wo er wohnte. Darin hatte er immer wieder beschrieben, wie er Jakob über die Wiesen hinter dem Reiterhof gejagt hatte. Sie steuerte auf dieselbe zu, und gleichzeitig merkte sie, wie Jakobs Hand zu zittern begann. Sie atmete einmal tief durch und beschleunigte ihre Schritte, als sie den malerischen Hof entdeckte. Doch sie wollte nicht den gleichen Weg gehen wie ihr Bruder, weshalb sie nicht direkt zum Hof lief, sondern zur Straße abbog. Der Asphalt war schön warm und Aristinia ließ sich Zeit, um es zu genießen. Doch irgendwann war auch der Weg zu Ende und sie standen vor dem Gestüt.

Vorsichtig spähte sie in den Hof hinein. Als sie sich wieder umdrehte, sah sie das spöttische Grinsen in seinem Gesicht.

»Sie werden dich schon nicht verklagen«, sagte er und lachte. Es klang ein bisschen unterdrückt, er wollte seine Nervosität überspielen. Sie beide beschäftigte dieselbe Frage: Was würde sie dort erwarten?

Aristinia trat zögernd durch das große Tor. Unsicher schaute sie sich um. Zu ihrer Linken stand ein rotes Backsteinhaus, das an die Straße grenzte. Rechts stand eine große Scheune, daneben ein Reitplatz. Und ihr gegenüber war ein Pferdestall und dahinter erkannte sie Weiden, von denen sie Pferde wiehern hörte. Außerdem entdeckte sie zwischen Wohnhaus und Stall eine weitere Halle und dahinter einen Garten mit Obstbäumen.

»So groß hatte ich den Hof gar nicht in Erinnerung«, murmelte Jakob, der sich auch mit Staunen umgeschaut hatte. Sie gab ihm recht.

»Und da habe ich immer gedacht, unsere Burg wäre groß, aber das...«, sie breitete die Arme aus, »Das ist einfach unglaublich.« Vielleicht fühlte es sich so an, weil sie in der Burg gefangen war. Hier fühlte sie sich frei.

Jakob lachte. »Ich glaube, wir werden mal einen Rundgang machen, damit du weißt, dass unser Hof auch wirklich so groß ist, wie er aussieht.«

Da hörte sie Stimmen. Neugierig drehte Aristinia sich um. Die Stimmen kamen vom Wohnhaus. Irgendwo musste ein Fenster offen sein. Sie folgte den Stimmen auf die Straße, bis sie ein gekipptes Fenster im Erdgeschoss fand. Es war die Küche, in denen ein Mann und eine Frau standen. Beide sahen ziemlich unglücklich und besorgt aus.

»Meine Eltern«, murmelte Jakob und schaute betrübt durchs Fenster. Die beiden lauschten.

»Und was machen wir jetzt?«, fragte seine Mutter verzweifelt. »Wir hätten es wissen müssen, sie war doch genauso neugierig wie Jakob!« Sie war den Tränen nahe.

»Ich weiß, ich weiß.« Sein Vater seufzte. »Wir hätten sie früher davor warnen sollen. Dann wäre sie vielleicht nicht auf die Idee gekommen.«

»Ja, hätten wir...! Und jetzt? Jetzt will sie zur Burg. Und dann? Dann...« Sie rang verzweifelt mit den Händen. Dann schien sie sich ein wenig zu beruhigen und meinte: »Normalerweise ist es ja nicht schlimm, wenn sie dorthin will.« Es sollte vernünftig klingen, doch es misslang.

»Aber sie geht aus demselben Grund wie Jakob!« Sein Vater begann in der Küche auf und ab zu tigern.

»Von wem reden sie?«, fragte Aristinia leise.

»Ich glaube, es geht um meine Schwester«, antwortete er.

»Ach, Lukas«, schluchzte seine Mutter jetzt. »Wir hätten viel eher damit anfangen müssen, Janas Visionen zu deuten. Dann wäre das nicht passiert!«

»Sei doch vernünftig, Anni! Du weißt genau, dass er zu diesem Zeitpunkt schon zu tief in der Sache gesteckt hat.«

Sie seufzte und schwieg.

»Ruf sie an!«, sagte sein Vater plötzlich und blieb abrupt stehen. »Ruf sie sofort an!«

Da wandte sich Jakob vom Fenster ab und zog Aristinia ein Stückchen weiter.

»Wir müssen sofort zurück!«, zischte er.

Aristinia nickte. Sie hatte verstanden, worum es ging. Der Eindringling, die verzweifelten Eltern. Seine Schwester war in Gefahr!

Als sie bemerkte, dass sie in die falsche Richtung lief, war es bereits zu spät. Doch die Angst trieb sie immer weiter. Ein Bild löste Jana schließlich von dem Zwang immer weiter zu laufen. Ein Bild von Lord Braton. Es war genau das Gemälde, das ihre Geschichtslehrerin ihr gezeigt hatte und das sie auch im Internet gefunden hatte. Und wie sie es so betrachtete, fielen ihr auch all die schrecklichen Geschichten ein, die über seine grausamen Taten und seinen mörderischen, kaltherzigen Charakter berichten. Hunderte Menschen wurden kaltblütig hingerichtet, und das alles wegen Macht und Geldgier. Und mit der Zeit spielte auch seine Eitelkeit eine Rolle. Kleinste Beleidigungen führten zum Galgen.

Der Gedanke daran jagte ihr einen eiskalten Schauer nach dem anderen über den Rücken. Er war zwar seit Jahrhunderten tot und doch grauste es ihr vor ihm. Je länger Jana das Bild anstarrte, desto boshafter kam ihr das Gemälde vor und desto mehr Hass bäumte sich in ihr auf. Die Abscheu gegen solche Taten ließ sie am ganzen Körper zittern. Trotzdem konnte sie den Blick nicht von ihm abwenden. Selbst als sie wieder das Gefühl bekam, dass sich irgendwas um ihre Schultern legte, drehte sie sich nicht um. Sie schien wie hypnotisiert.

»Na, wie gefällt es dir?« Die Stimme von vorhin war ganz nah an ihrem Ohr und schien doch von weit weg zu kommen. Sie war kaum mehr als ein Zischen und erinnerte sie mit ihrer Psycho-Stimme an Kaa, die Schlange aus dem Dschungelbuch.

Jana schluckte. Sie hatte einen dicken Kloß im Hals. »Er ist ein Verbrecher, ein Mörder. Er hat andere qualvoll niedergemetzelt, nur wegen Macht und Reichtum«, hörte sie sich da krächzen.

Erschrocken über ihre eigenen Worte biss sie sich auf die Lippe, doch da war es schon raus. Der Druck auf ihre Schulter verstärkte sich, sie wurde so fest gepackt, dass es ihr die Tränen in die Augen rieb.

»Jetzt hast du zu viel gesagt!«, knurrte es wütend in ihr Ohr. Sie hatte recht. Sie hatte zu viel gesagt.

Doch sie konnte es einfach nicht lassen. Ihre Stimme hatte sich wieder gefangen, der Kloß war verschwunden. Das Krächzen wurde zur beabsichtigten, hasserfüllten, sicheren Stimme, obwohl sich alles in ihr dagegen sträubte.

»Ja!«, kam es so angewidert aus ihrem Mund, dass ihr der Ekel eine Gänsehaut verpasste. »Was zu viel ist, ist zu viel! Man kann doch nicht einfach irgendwelche Leute hinrichten, einfach so, nach Lust und Laune. Das ist doch widerlich! Ich finde, er wurde zu Recht ermordet! Mord ist zwar Mord, aber damit haben sie doch den eigentlichen Mörder beiseite geräumt!«

Jana biss die Zähne zusammen, um nicht vor Schmerzen los zu heulen. Die Hände krallten sich so fest an ihre Schultern, dass sie glaubte, die knochigen Finger wollten ihr Schlüsselbein durchbohren. Doch etwas Anderes ließ sie Bauchschmerzen bekommen. Konnte sie nicht einfach mal die Klappe halten? Hatte sie nicht gemerkt, wer hier das Oberwasser hatte? Hatte sie nicht gemerkt, dass sie es damit nur noch schlimmer machte? Doch sie konnte einfach nichts dagegen machen, die Wörter flossen ihr über die Lippen wie die Tränen über die Wangen.

»Dafür wirst du bitter bezahlen!«, zischte es wie eine Schlange neben ihr.

Dann wurde sie herumgerissen und gleichzeitig von dem Bann erlöst, auf das Gemälde zu starren.

»Und sie?«, fragte es hasserfüllt über ihre Schulter.

Jana blickte zu dem Gemälde auf. Um die Schultern der Frau war ein rubinroter Mantel gelegt. Wallend fiel er über das ausladende himmelblaue Kleid. Obwohl die Farben schon sehr verblasst waren, bildete die Kleidung einen angenehmen Kontrast. Das Lächeln schien bescheiden und mysteriös in dem schmalen Gesicht. Die zierliche Frau war seine Ehefrau, Lady Braton.

»Sie hat ihm geholfen«, sagte sie. Ihre Stimme war rau, doch immer noch genauso fest wie vorher. »Aber was hätte sie auch machen sollen, bei so einem Mann? Allerdings hat sie ihn ein bisschen ausgebremst und manchmal, nun ja, gnädig kann man nicht unbedingt sagen, wie man's nimmt. Sie hat die Menschen ›nur‹ vergiftet, damit sie nicht qualvoll hingerichtet wurden.«

Wie sprach sie denn? Sie redete die Worte daher,

als könnten sie ihr nichts anhaben. Doch genau das Gegenteil sagte ihr Bauchgefühl. Denn wo war sie eigentlich? Und wen hatte sie da vor sich? Ein Nachkomme von Lord Braton? Doch wieso konnte sie nicht ausmachen, wo die Stimme genau herkam? Spielten ihr ihre Sinne einen Streich? Naja, die Nerven schienen ihr jedenfalls keinen Streich zu spielen. Die Schmerzen in ihren Schultern spürte sie mehr als sie es wollte. Sie glaubte, ihre Knochen würden zerquetscht werden und die bereits versiegten Tränen stiegen ihr wieder in die Augen.

»Lass sie laufen«, ertönte plötzlich eine Stimme.

Jana wusste zwar immer noch nicht, woher die Hände kamen, doch sie spürte ganz genau, wie sie anfingen zu zittern. Vor Wut, wie sie meinte.

»Sie hat eine zu spitze Zunge«, zischte es nur, jedoch etwas weiter weg von ihrem Ohr entfernt. Allerdings wurden keine Anstalten gemacht, der Aufforderung zu folgen.

Das schien die zweite Stimme sehr amüsant zu finden. Jedenfalls ließ sie ein böses Lachen hören.

Suchend kniff Jana die Augen zusammen und versuchte, die zur Stimme gehörige Person zu finden. Doch das Licht der Fackeln, die an den Wänden hingen, reichte nicht weit genug.

»Du weißt doch: Spitze Zungen leben auf hohen Kosten!« Sie klang so siegessicher und triumphierend, dass es Jana eiskalt den Rücken hinunterlief. Alles in ihr verkrampfte sich plötzlich.

Und obwohl sie wusste, dass das auf keinen Fall etwas Gutes bedeuten konnte, war sie ihr unglaublich dankbar, dass sie endlich losgelassen wurden. Sie wurde widerwillig zu Boden gestoßen. Die Erleichterung, endlich wieder frei zu sein, ließ sie für einen Moment auf dem harten Steinboden unbeweglich sitzen bleiben.

Die beiden Stimmen schienen sich zu entfernen, denn sie klangen schon sehr viel leiser, als die eine Stimme noch knurrte: »Ich werde ihr das Leben zur Hölle machen!«

Darauf lachte die andere höhnisch: »Dazu muss sie erst einmal hier rauskommen!«

Sie jagte ihr eine Gänsehaut über den ganzen Körper und ihr Magen drehte sich um. Das mulmige Gefühl breitete sich nun überall in ihr aus. Sie atmete erleichtert auf, als das schaurige Gelächter nicht mehr von Wand zu Wand geworfen wurde. Doch sie hatte recht. Wie sollte sie hier rauskommen? Als sie sich umschaute, sah sie Gang neben Gang und sie ähnelten wie ein Ei dem anderen. Plötzlich war sie sich gar nicht mehr so sicher, ob sie wirklich frei war. Sie wurde zwar nicht mehr von irgendwelchen Händen festgehalten, doch jetzt war sie hier, in einem Labyrinth aus Gängen gefangen. In ihrer irrsinnigen Angst hatte sie nicht darauf geachtet, wo sie langgelaufen war, sie wusste noch nicht einmal, von wo an den Wänden plötzlich Fackeln hingen. Mutlos ließ sie ihren Kopf auf ihre Knie sinken. Was hatte sie sich da bloß nur eingebrockt? Sie wollte ihre Taschenlampe einschalten, doch der Akku von ihrem Handy war leer. Na toll! Nur die Fackeln an den Wänden beleuchteten die Gänge. Zögernd stand Jana auf. Ein bisschen zaghaft setzte sie einen Fuß vor den anderen. Sie spürte ihren Herzschlag in den pochenden Ohren, als sie ziemlich hoffnungslos durch die Gänge lief und die Gemälde an den Wänden betrachtete. Einsam und verloren. Ja, genauso fühlte sie sich hier, in diesem unheimlichen Gewölbe. Die Gänge waren feucht und kalt. Sie aber war an das heiße Sommerwetter gewöhnt und so fröstelte sie. Unsicher lauschte sie in die Dunkelheit. Plötzlich zuckte sie zusammen und drehte sich blitzschnell um. Da war ein Geräusch gewesen! Sie hatte das Gefühl gehabt, da wäre etwas an ihr vorbeigehuscht, doch sie konnte nichts entdecken. Nur ihr Schatten zeichnete sich von den Fackeln zerrissen auf den Wänden ab. Und doch war es ihr, als würden immer wieder Schatten an den Wänden vorbeihuschen. Wahrscheinlich spielte sich das alles nur in ihrer Fantasie ab, so wie immer, wenn sie alleine war. Verdammte Einbildung! Nervös schaute sie sich immer wieder um, doch was sie sah, war immer das gleiche. Gänge über Gänge. Wie ein Blitz zuckte die Erkenntnis in ihrem Kopf auf. Alles war wie in ihrem Alptraum. Sie hatte sich selbst warnen wollen und sie war schon wieder gescheitert. Verzweifelt lauschte sie in die Stille, doch sie konnte nur ihre eigenen Schritte und ihr hämmerndes Herz hören. So sehr sie sich eben noch die beiden unheimlichen Gestalten weggewünscht hatte, so sehr bekam sie jetzt Angst vor der Einsamkeit. Immer wieder drehte sie sich um, doch es war nichts zu sehen. Sie spürte wie ihre Hände anfingen zu zittern und zu schwitzen. Sie atmete wieder unkontrolliert und ihr Herz schlug ihr bis zum Hals. Mit weit aufgerissenen Augen blickte sie durch die Gänge, damit ihr ja nichts entging. Und doch wünschte sie sich nichts sehnlicher als sie einfach zu schließen, damit sie ihr keine Streiche mehr spielen konnten. Oder taten sie das gar nicht? Bildete sie sich das doch nicht ein? War da wirklich jemand? Oder etwas? Die Gedanken kreisten nur so in ihrem Kopf umher und doch fühlte er sich unglaublich leer an. Verdammt! Unruhig massierte sie sich die schmerzenden Schläfen. Plötzlich war vor ihr nichts als gähnende Dunkelheit. Jana blieb wie angewurzelt stehen. Die Fackeln schienen hier aufzuhören. Nervös blickte sie nach hinten. Sollte sie weitergehen oder lieber umkehren? Dann machte sie einen Schritt. Und noch einen. Und noch einen. Wie von selbst wanderten ihre Beine in die Dunkelheit hinein. Der Rest ihres Körpers war wie gelähmt. Da schien wieder ein Schatten an ihr vorbei zu huschen. Eine eiskalte Gänsehaut übersäte ihren kompletten Körper. Auf einmal hatte sie das Gefühl, dass etwas vor ihr wäre. Sie blieb stehen und starrte immer noch mit weit aufgerissenen Augen in die Dunkelheit. Doch es war nicht wie ein vorbeihuschender Schatten, bei dem die Gänsehaut plötzlich da war und dann wieder verschwand. Nein, das Gefühl blieb an ihr kleben wie ein Kaugummi. Ihr wurde gleichzeitig heiß und kalt. In ihrem sonst leeren Kopf war nur eine Frage: Was zur Hölle ist das?

Ich glaube, ich will es lieber nicht wissen, dachte sie und ihre Beine schienen es sich auch anders überlegt zu haben. Zögernd machte sie einen Schritt nach hinten. Und dann noch einen. Und noch einen. Dann drehte sie sich um und rannte so schnell sie konnte zurück. Erst als wieder Fackeln an den Wänden hingen, verlangsamte sie ihr Tempo. Sie lief den ganzen Weg wieder zurück. Damit sie sich nicht noch mehr verirrte, war sie immer nur geradeaus gelaufen. Als Jana an Lord Bratons Porträt vorbeikam, blieb sie wieder stehen. Doch dieses Mal schaffte sie es, dem Bild nur einen hasserfüllten Blick zu zuwerfen und dann weiter zu gehen. Sie ging in die Richtung, in die sie glaubte, dass dort die beiden Gestalten vorhin verschwunden waren. Wieder ging sie nur geradeaus. Und wieder hatte sie das Gefühl verfolgt zu werden. Ihre Augen zuckten unruhig hin und her, sie scannten immer wieder die Umgebung ab, ihnen schien nichts zu entgehen. Und doch konnte sie immer noch nicht ausmachen, ob sie sich die Schatten nicht doch nur einbildete. Doch die Tatsache, dass sie immer noch hier war, garantierte für nichts.

Irgendwann wurde es heller und auch lauter. Jana

hörte Stimmen. Fröhliche Stimmen und ausgelassenes Gelächter. Kurze Zeit später kam sie an eine breite Wendeltreppe. Eine riesige Welle von Erleichterung überkam sie. Sie hatte den Keller überstanden. Trotzdem stieg sie nur zögernd die Treppe hinauf. Ein Stockwerk höher war es sehr hell. Überall brannten Kerzen und aus einem Raum tönten Stimmen. Die zwei, mit denen sie schon Bekanntschaft gemacht hatte, waren auch darunter. Ehrlich gesagt waren es ja auch die lautesten. Sie blieb kurz stehen. Wollte sie den beiden wirklich noch einmal begegnen? Doch Jana musste sie zur Rede stellen, wenn sie jemals wieder hier rauskommen wollte.

Hoffnungslos. Ja, das war das richtige Wort dafür. Er wusste es doch aus Erfahrung. Bei ihm hatte es doch genauso begonnen. Er war zu neugierig gewesen. Er war auch nur ein Eindringling gewesen. Die Hoffnung, dass sie es überleben würde, war klein, jedoch nicht so klein wie bei ihm. Er wollte ihr helfen. Doch konnte er das überhaupt? Wut stieg in ihm auf. Er erinnerte sich daran, wie er von Lord Braton behandelt worden war. Wenn er das bei seiner Schwester tat, ...! Er begann vor Wut am ganzen Körper zu zittern. Die Wut auf die Boshaftigkeit von Lord Braton und darauf, dass er nichts gegen ihn tun konnte. Das Gefühl der Hilflosigkeit war schier unerträglich. Es schnürte ihm die Lunge zu und der Weg vor ihm begann leicht zu schwanken.

Jetzt waren sie wieder auf dieser Lichtung. Auf dieser Lichtung, auf der er ... Er schob den Gedanken beiseite, doch die schrecklichen Bilder konnte er nicht so leicht verbannen. Es ging einfach nicht. Seine Fantasie spann weiter, dachte wie immer nur an das Schlimmste. Plötzlich lag Jana statt ihm an dieser Stelle. Die, die er nie vergessen wird. Er kniff die Augen zusammen, doch die Bilder blieben natürlich. Ihm wurde übel von der Vorstellung. Da wurde er am Arm gepackt und weitergezogen.

»Komm jetzt! Du willst ihr doch helfen, oder? Dann musst du dich jetzt beeilen!« Die Stimme klang vorwurfsvoll und außer Atem.

Blind stolperte er hinter ihr her, versuchte mit ihr

Schritt zu halten, was ihm nur gelang, weil sie ihn, immer noch am Arm gepackt, hinter sich herzog.

»Mach endlich die Augen auf!«, zischte sie vorwurfsvoll und ungeduldig.

Vorsichtig blinzelte er in die Sonne. Er hatte gar nicht bemerkt, wie sie stehen geblieben war und seinen Arm losgelassen hatte. Seine Gedanken schienen seine Sinne zu betäuben.

Das Erste, was er sah, war Aristinia, die ihn besorgt anschaute. Dann bemerkte er, dass sie vor dem Hügel standen, aus dem sie aus dieser Gruft geflüchtet waren.

»Alles in Ordnung?«, fragte Aristinia besorgt.

»Ja« Er nickte flüchtig, denn sie würde ihn doch nie verstehen können. »Komm, lass uns reingehen.« Er ging entschlossen auf den Hügel zu, um seine innere Unruhe zu überspielen.

Sie folgte ihm. Jetzt erst bemerkte er, wie sehr sie außer Atem war. Er verlangsamte sein Tempo und lief neben ihr.

Das schien sie total falsch zu deuten. »Du muss nicht langsamer laufen, nur weil ich schon ein paar Jährchen mehr auf dem Buckel habe als du!«, sagte sie und versuchte flacher zu atmen, damit es nicht zu sehr auffiel.

Er musste lächeln. Dann schüttelte er leicht mit dem Kopf.

»Hör auf mit dem Kopf zu schütteln! Ich weiß ganz genau, was du denkst!«, fauchte sie ein bisschen eingeschnappt.

Nein, das weißt du nicht, dachte er und lächelte. Doch er sagte nichts. Heute wollte er sie nicht ärgern. Heute brauchte er sie als gute Freundin, die ihm beiseite stand. Heute und wahrscheinlich auch in nächster Zeit.

Sie schien zu verstehen, dass ihm nicht nach Scherzen war, obwohl er lachte. Sie schwieg. Betroffen, wie er meinte. Den restliche Weg legten sie schweigend zurück.

»Da seid ihr ja! Der Lord verlangt nach euch.«

Was für eine tolle Begrüßung! Der Diener von vorhin spielte wahrscheinlich gerne den Boten.

»Was will er denn?«, fragte Aristinia. Wie immer nahm sie eine würdevolle Haltung ein, wenn sie nicht unter Freunden war, sprich: nicht mit ihm allein. Jakob bewunderte sie dafür, dass sie es schaffte, trotz des Nachluftringen so fest zu sprechen. Würdevoll und anmutig stand sie da und sprach mit einem leicht gebieterischen Unterton zu diesem einfachen Diener, als hätte sie die ganze Zeit in ihrem Sessel gesessen und wäre nicht durch den Wald gerannt.

Vor Bewunderung hörte er dem Diener überhaupt nicht zu, sondern beobachtete Aristinia fasziniert, wie sie Haltung bewahrte. Plötzlich wendete sich der Junge ab und ging wortlos von dannen. Irritiert schaute er ihm nach. Dann sah er fragend zu Aristinia zurück. Sie lächelte ihn nur etwas belustigt an.

»Du hast überhaupt nicht zugehört, stimmt's?«, fragte sie.

Er nickte und sah zu Boden. Sie hatte bemerkt, wie er sie von der Seite angeschaut hatte. Doch sie überspielte es einfach und gab ihm bereitwillig Auskunft.

Jakob schüttelte verständnislos mit dem Kopf. »Hat der denn nichts Besseres zu tun, als ständig irgendwelche Feste zu feiern?«

Aristinia lachte. »Sei froh, dass du mit darfst. Du hast inzwischen eine so hohe Stelle erreicht, dass du mit zu solchen Festessen kommen darfst.«

Jakob seufzte nur. »Und was ist jetzt mit Jana?«, fragte er. Für kurze Zeit war er von dem Thema abgelenkt worden, doch jetzt war es ihm wieder eingefallen.

»Das wird er uns wahrscheinlich im Laufe des Essens mitteilen, so wie immer«, antwortete sie nur schulterzuckend. »Also, was ist? Brauchst du noch irgendwas oder können wir gehen? Wir wollen meinen Bruder ja schließlich nicht unnütz warten lassen, oder?« Den letzten Satz brachte sie so süffisant hervor, dass er lachen musste.

»Nein, ich brauch nichts mehr. Wir können ruhig gehen«, antwortete er immer noch lachend. Ihr Humor war ihm gleich von Anfang von sympathisch gewesen.

Als sie kurze Zeit später in den von Kerzen hellerleuchteten Saal eintraten, war das Fest schon in vollem Gange. Die Musiker spielten fröhliche Tanzmusik und einige tanzten dazu. Die meisten allerdings saßen an dem langen Tisch, so wie Lord und Lady Braton. Der Lord unterhielt wie immer lautstark die Gäste von seinem Platz am Kopfende aus und die Stimme übertönte zeitweise sogar die Musik. Und während er prahlte und feuchtfröhliche Witze riss, wurde ihm immer und immer wieder Wein nachgeschenkt.

Aristinia sah sich kopfschüttelnd um. »Der Wein fließ in Strömen, Essen gibt es im Überfluss, die Musiker spielen sich fast zu Tode und die Leute müssen über seine großen Taten staunen und über seine Witze lachen.« Sie seufzte. »Also genau wie immer. Ich bin gespannt, was er wieder so zu berichten hat.«

Jakob konnte sich ein Schmunzeln nicht verkneifen. »Sei nicht so ironisch, schließlich müssen wir ja herausfinden, was mit meiner Schwester ist«, warf er ein.

»Ja«, stieß sie hervor. »Deswegen muss ich mir jetzt den ganzen Abend sein unnützes Geschwätz anhören.«

Jakob schüttelte den Kopf. Er wusste genau, dass sie das nicht ernst meinte. Sie würde ihm sowieso helfen, so wie sie es von Anfang an getan hatte. Trotzdem schluckte er die Antwort hinunter, die ihm gerade noch auf der Zunge gelegen hatte. Man muss es schließlich nicht übertreiben. Und außerdem wusste er, wie anstrengend es war, Lord Bratons Prahlerei auszuhalten. Dazu brauchte man sämtliche Nerven.

»Na dann mal los«, murmelte Aristinia. »Rücken gerade, Schultern zurück, Kopf hoch!«

Gemeinsam gingen sie zu dem Tisch und setzten sich ganz in die Nähe von Lord Braton. Mit gesengtem Blick setzte sich Jakob, wagte es nicht, von seinem Teller aufzuschauen. Er wusste genau, dass Lord Braton überhaupt keine Manieren hatte. Wenn er nicht gerade redete, unterhielt er die Gäste mit Rülpsen und Schmatzen und Jakob war sich sicher, dass es an dessen Platz immer am dreckigsten war. Dann schielte er doch noch einmal zu ihm hinüber. Und schaute schnell wieder auf seinen Teller, damit niemand sein angewidertes Gesicht sehen konnte. Lord Bratons Anblick war alles Andere als appetitlich. Die Spucke lief ihm aus den Mundwinkeln, vermischt mit rötlichen Wein und brauner Bratensoße. Jakob musste würgen. Wie immer, wenn er ihm beim Essen zusah. Aristinia ließ ein leises Lachen hören, das im Lärm sofort unterging.

»Ach, komm«, meinte sie spöttisch. »Irgendwann gewöhnst du dich daran. Außerdem sollst du ja auch nicht hinschauen.«

Jakob sah sie verständnislos an. »Meine Schwester hat mit einem Jahr manierlicher gegessen!« Er musste lächeln, als er daran dachte, wie sie sich immer mit Brei vollgekleckert hatte. Sein Blick wanderte zu der mit Kronleuchtern bedeckten Decke hinauf und er schwelgte in Erinnerungen.

Plötzlich wurde er aus den Gedanken gerissen. Aristinia hatte ihm den Ellenbogen in die Rippen gerammt. Fast gleichzeitig ertönte aus Lord Bratons Richtung ein erschrockener Rülpser. Jakob blieb fast das Herz stehen.

»Nein! Nein, bitte nicht!«, flüsterte er verzweifelt, doch natürlich war es schon längst geschehen.

Sie stand dort in der Tür, schaute sich um. Wie verzaubert starrte sie auf das im Kerzenschein funkelnde Besteck. Langsam, fast andächtig kam sie weiter heran, immer näher zum Tisch. Der Saal war wirklich prachtvoll und es hatte ihn am Anfang auch umgehauen. Doch er betete dafür, dass es seiner Schwester jetzt nicht genauso ging. Natürlich erfolglos. Eine Stimme holte sie beide schließlich wieder in die Wirklichkeit.

»Seht ihr dort diese respektlose Göre? Sie hat mich und meine Frau als Verbrecher und Mörder bezeichnet!«, hallte Lord Bratons Stimme durch den nun mucksmäuschenstillen Saal.

Recht hat sie!, rief er in Gedanken, doch wenn er das laut ausgerufen hätte, wäre er für immer und ewig im Kerker gelandet. Dann hätte selbst Aristinia ihm nicht mehr helfen können. Und obwohl mindestens die Hälfte das gleiche dachte, machte ein empörtes Murmeln die Runde. Lord Braton erhob sich langsam von seinem Platz. Langsam und bedächtig ging er auf Jana zu, kreiste bedrohlich um sie herum. Das schien Jana nicht zu sehen, denn sie schaute sich irritiert um.

»Na, kommst wohl doch nicht alleine raus?« Sein hämisches Kichern schallte laut durch den ganzen Saal und bereitete Jakob eine Gänsehaut.

Doch jetzt schien sich Jana gefangen zu haben. »Habe ich das jemals behauptet?«, fragte sie zurück.

Jakob sah, wie sie sich auf die Lippe biss. Er wusste genau was sie wollte. Sie wollte hinaus. Und wenn sie so frech war, wurde ihr niemand den Weg zeigen. Und das war ihr auch klar.

Plötzlich wurde ein Stuhl nach hinten gerückt. Erstaunt sah Jakob zu Aristinia auf, die sich nun langsam auf Lord Braton zu bewegte. Das schallende Lachen, das Lord Braton gerade angestimmt hatte, blieb ihm im Halse stecken.

»Sie hat recht. Eurer Erzählung nach, hatte sie das nicht behauptet.« Ihre Stimme war ruhig und gelassen.

Jakob sah sie entgeistert an. »Aristinia!« Er wollte sie zurückrufen, doch er war so erschrocken, dass es fast lautlos über seine Lippen kam.

Sie wollte sich doch jetzt nicht Lord Braton in den Weg stellen?! Und überhaupt, sie hatte doch nicht ernsthaft dem nervigen Gelaber zugehört? Und selbst wenn, wer weiß, ob das alles der Wahrheit entsprach? Doch das schien völlig egal zu sein. Lord

Braton brachte es für einen Augenblick voll aus dem Konzept. Aber nur für einen Augenblick stand er erstaunt da. Dann ließ er von Jana ab und wandte sich Aristinia zu. Jakob atmete unauffällig erleichtert auf.

»Was sagt Ihr da?«, zischte er.

»Was ich da sage?«, fragte Aristinia erstaunt zurück. »Ich sage nur das, was Ihr erzählt habt.«

Jakob kniff verzweifelt die Augen zusammen. Verdammt, spann den Bogen nicht zu weit!, dachte er. Doch natürlich konnte sie ihn nicht hören.

»Das ist eine Lüge!« Er drehte sich ruckartig zu Jana um. Aristinias Ablenkungsmanöver war nur von kurzer Dauer. Da ihr auf die Schnelle nichts einzufallen schien, schwieg sie nur betroffen.

Lord Braton packte Jana an den Schultern, sein Gesicht war so wütend, als wäre das alles Janas Schuld. Es war als wolle er sie zerquetschen. Jakob sah das schmerzverzehrte Gesicht und er hatte Mühe nicht vor Wut aufzuspringen und ihr zu helfen. Verzweifelt versuchte Jana sich loszureißen, doch sie schaffte es nicht. Hilflos musste Jakob mit ansehen, wie seine Schwester immer wieder verzweifelt versuchte, sich zu befreien. Und in ihrer Not griff sie nach einem Kelch Wein, der in ihrer Nähe auf dem Tisch stand. Ihre Hand machte eine kurze, blitzschnelle Bewegung nach oben, dorthin wo sie Lord Braton vermutete. Der gesamte Inhalt landete auf Lord Braton. Jana konnte nur den Wein sehen, der nun an dem Lord hinunter lief. Erschrocken ließ sie den Becher fallen und das Edelmetall fiel laut scheppernd auf den Steinboden. Sicherheit suchend ging sie vorsichtig ein paar Schritte zurück. Jakob hätte die Hände über den Kopf zusammenschlagen können. Doch er saß nur versteinert da, so wie alle anderen auch. Im Saal herrschte Totenstille. Alles und jeder schien die Luft anzuhalten.

»Das wirst du bezahlen!«, knurrte Lord Braton schließlich. »Du und deine Familie. Und ich glaube, du weißt, mit was bei mir bezahlt wird.«

O nein! Jakob hätte heulen können. Er konnte nicht mehr ruhig auf seinem Platz sitzen. Wie sollte sie bloß nur da wieder rauskommen? Wie sollte sie das überleben? Er konnte die Verzweiflung in jedem Winkel spüren, sie schien ihn zu lähmen und doch juckte es ihn in allen Gliedern.

»Du stürzt ihn dein Verderben, Mädchen«, murmelte Aristinia besorgt. Es war so leise und doch konnten es alle hören. Nur der Lord schien es überhört zu haben, denn er hatte sich komplett von Jana und den anderen abgewandt und versuchte zeternd die Flüssigkeit von seiner Kleidung zu bekommen. Da begann Jana langsam aber sicher kleine Schritte nach hinten zu gehen. Doch als sie sich vergewissert hatte, dass der Lord nicht mehr auf sie achtete, drehte sie sich um und rannte hinaus. Verzweifelt sah Jakob zu Aristinia. Sie schaute zurück. Dann konnte er es nicht mehr auf seinem Sitz aushalten.

Blitzschnell drehte sie sich um und schloss hastig die riesige Tür hinter sich. Einen Moment lang blieb sie unbeweglich stehen und lauschte. Auf der anderen Seite der Tür wurde es wieder lauter, auch die Musik setzte wieder ein. Jana atmete erleichtert auf. Hoffentlich konnte sie in der Aufregung untertauchen. Dann schaute sie sich um. Wo sollte sie jetzt langgehen? Sie war von links gekommen, sollte sie weiter in diese Richtung gehen? Ach, ist doch egal!, dachte sie. Jetzt musste sie erst einmal hier weg. Auf gut Glück lief sie nach rechts. Sie versuchte so leise wie möglich zu rennen. Dennoch schien jeder Schritt tausendfach zwischen den Gemäuern wieder zu hallen. Doch sie traute sich nicht, stehen zu bleiben und zu lauschen. Immer wieder zweigte ein Gang ab und mit jedem wuchs ihr unbehagliches Gefühl. Sie war zwar wieder nur geradeaus gelaufen, aber sie merkte, wie die Gänge langsam zu einem Labyrinth anwuchsen. Irgendwann verlangsamte sie ihre Schritte, hoffnungslos und verloren sah sie jedem Gang nach, doch sie traute sich immer noch nicht, stehen zu bleiben. Weiter! Immer weiter! Etwas Anderes schien sie nicht zu denken und ihre Beine liefen wie ein Uhrwerk weiter. Währenddessen drehte sich ihr der Magen um. Ihr Alptraum begann von Neuem. Es schien kein Ende zu nehmen und dieses Mal konnte sie nicht einfach wieder umkehren. Denn dann würde sie bei Lord Braton landen und mit dem war sicher nicht gut Kirschen essen.

Weiter ging es durch das dunkle, nasskalte Gewölbe. Und wieder zweigte ein Gang ab und verlor sich in der Dunkelheit. Ihre Füße liefen und liefen, und doch wurden ihre Schritte immer langsamer und kürzer. Schließlich ließ sie sich verzweifelt auf die Steine fallen. Sollte sie weiter nur geradeaus laufen? Würde sie dann auch dort ankommen, wo sie hinwollte? Sie wollte aufstehen, blieb dann aber doch sitzen, um sich noch ein bisschen auszuruhen. In diesem abgelegenen Teil schien seit Ewigkeiten schon keiner mehr vorbeigekommen zu sein. Hier würde sie bestimmt keiner finden. Doch da hatte sie sich getäuscht.

Als sie sich schließlich wieder aufrichtete, spürte sie eine Bewegung hinter sich. Erschrocken fuhr sie herum, doch sie konnte niemanden entdecken. Angstvoll machte sie einen Schritt zurück. Doch das Gefühl blieb, so wie vorhin im Keller. Sie drehte sich um und rannte weiter. Zum Glück hingen hier noch Fackeln an den Wänden. Doch Jana wusste, dass auch die irgendwann aufhören würden. Immer schneller lief sie, doch das unheimliche Gefühl schien sie zu verfolgen. Die Fackeln an den Wänden wurden immer weniger. Immer wieder sah sie im Schein einer Fackel, wie ein Gang nach dem anderen abzweigte. Langsam begann Jana in dem kalten Gemäuer zu schwitzen. Doch sie traute sich nicht abzubiegen. Plötzlich wurde sie an der Schulter gepackt und grob zum Stehen gebracht. Am liebsten hätte sie sich gleich wieder losgerissen, doch sie war zu erschöpft. Sie rang japsend nach Luft und ihre Lunge brannte.

»Tut mir leid, dass ich so grob war, aber langsam habe ich keine Lust mehr auf dieses Katz-und-Maus-Spiel. Du brauchst keine Angst vor mir zu haben«, sagte eine Stimme freundlich und ließ sie wieder los. Es war die, die sie im Saal verteidigt hatte.

Jana ging langsam in die Knie und versuchte ihr Atem und ihren Herzschlag wieder zu beruhigen. Erschöpft schloss sie die Augen.

»Du meine Güte, hat dich mein Bruder so gejagt? Oder war ich das eben? «, fragte sie besorgt. Sie spürte eine kühle Hand an ihrer Stirn.

»Du glühst ja richtig.« Die Stimme hatte jetzt einen mütterlichen Ton bekommen.

»Es geht schon«, murmelte Jana. Sie atmete wieder einigermaßen normal.

Dann stand sie auf. Vorsichtig schaute sie sich um. Kurz vor ihr war die Luft ein bisschen verschwommen. Doch wenn sie sich die Silhouette genauer ansehen wollte, begannen ihre Augen von der milchigen Luft zu brennen. Deshalb ließ sie es lieber und schaute zu Boden.

»Es ist das Beste, wenn ich dich jetzt hier herausführe und du nie wieder kommst«, meinte die Stimme besorgt, aber sehr bestimmt.

Hatte sie bemerkt, wie Jana in ihre Richtung geschaut hatte? Was hatte das zu bedeuten?

»Du brauchst wirklich keine Angst vor mir zu haben«, sagte die Stimme sanft.

Jana atmete tief durch. Dann nickte sie etwas schüchtern, obwohl sie eigentlich noch hier bleiben wollte. Sie würde so oder so wieder kommen, denn sie spürte, nein, sie wusste, dass dieser Lord Braton etwas mit dem Tod ihres Bruders zu tun hatte. Nur hier, in diesem kalten, unheimlichen Gemäuer, würde sie herausfinden können, was es mit diesem Tod auf sich hat.

Wieder schaute sie zu der Stimme hinüber, und wieder begannen ihre Augen zu brennen.

»Komm! «, forderte die Stimme sie auf mitzukommen. Sie nahm eine Fackel in die Hand, es sah aus, als würde sie schweben. Nein, sie wurde von einer milchigen Hand getragen, doch Jana stiegen wieder die Tränen in die Augen. Schnell senkte sie den Kopf, damit die Gestalt, die sich eben noch so mütterlich um sie gesorgt hatte, sie nicht sehen konnte.

Die Fackel begann sich zu bewegen und Jana folgte ihr. Es blieben noch ein paar Restzweifel, denn wer sagte denn, dass diese Gestalt sie nicht austricksen würde? Aber trotzdem hatte sie Vertrauen zur ihr aufgebaut. Schließlich hatte sie sich für sie eingesetzt. Irgendwie war sie Jana sympathisch. Sie wusste nur noch nicht wieso.

Dumpf klopften die Hufe auf dem weichen Waldboden. Schnell und leichtfüßig schossen sie zwischen den Bäumen hindurch, doch sein Herz klopfte schneller. Sein Kopf war voller Sorgen, die Gedanken kreisten nur so darin, sodass ihm schwindelig wurde. Doch er wagte es nicht, langsamer zu reiten oder gar eine Pause zu machen. Sie mussten weiter, so schnell es ging, sonst würde es zu spät sein. Er schluckte, wenn er daran dachte, was alles passieren könnte, doch der Kloß in seinem Hals wurde nur noch dicker. Starr richtete er seinen Blick auf den Weg vor ihm, versuchte seine Gedanken nur auf die Suche seiner Tochter zu konzentrieren und nicht auf die Gefahren. Entschlossen spornte er sein Pferd noch weiter an. Er hörte das scheinbar widerwillige Schnauben, doch es gehorchte. Durch die Ohren seines Haflingers schossen die Bäume an ihm vorbei, wie die Erlebnisse an seinem inneren Auge. Immer wieder sah er Szene vor sich, wie er versucht hatte, mit Jakob zu reden. Wie er ihm nachgeschaut hatte. Wie er geglaubt hatte, dass alles wieder gut werden würde. Und wie er bitter enttäuscht wurde. Verbittert presste er die Kiefer aufeinander. Er wusste, er durfte sich das nicht einreden, doch wer sollte denn sonst daran schuld sein, dass es so weit gekommen war? War er es nicht gewesen, der Jakob hatte gehen lassen? Was wenn er ihn zurückgehalten hätte? Aber wäre es dann wirklich besser geworden? Hätte man es nicht friedlich klären können? Aber es war zu spät. Jakob war tot, und genau das war das Problem! Niemals würde diese Narbe in seiner Seele verheilen. Niemals würde er das Lord Braton verzeihen. Aber was hätte er auch gegen ihn tun können? Damals hatte er noch nicht einmal geglaubt, dass er überhaupt existiert. Aber wer glaubt denn auch, dass so einer überlebt? Lukas schüttelte den Kopf, als wolle er den Gedanken aus seinem Kopf vertreiben. Jetzt kribbelte wieder die Wut in seinem Bauch. Niemals würde er zulassen, dass das auch Jana passieren wird! Das würde er Lord Braton nicht gönnen. Und er könnte es auch nicht verkraften.

»Müssen wir nicht bald abbiegen?«, fragte Annette hinter ihm und riss ihn damit ziemlich ruckartig aus den Gedanken.

Erschrocken fuhr er herum und nickte dann stumm. Jetzt war er wieder hellwach. Dennoch musste er eine Zeit lang auf den Weg starren, bis er ihn richtig wahrnehmen konnte. Anni hatte recht. Bald würde eine Wegabzweigung kommen. Er nahm ein bisschen Tempo heraus und gleichzeitig konnte er sich etwas entspannen. Erleichtert atmete er tief durch, obwohl seine Gedanken nur so in seinem Kopf herumschwirrten und er sich gleichzeitig seltsam leer anfühlte. Oder war es nur das Gefühl der Hilflosigkeit, das sich da in ihm breit machte? Wahrscheinlich schon. Lukas seufzte. Die Sorgen machten ihn schlapp und mental fertig. Gleichzeitig war er aber auch wütend auf Jana. Konnte sie nicht einmal hören? Wusste sie denn nicht, dass das gefährlich war?

Doch da riss ihn Annette schon wieder aus den Gedanken. Sie war neben ihn geritten und hatte seinen Arm gefasst.

»Meinst du, wir kommen noch rechtzeitig?«, fragte sie leise, fast schon schüchtern. Die Sorge war nicht zu überhören.

»Er wird sie schon nicht gleich umbringen«, erwiderte er und seufzte. Jedenfalls hoffte er, dass es Lord Braton nicht tun würde. »Noch scheint er ja keinen Grund dafür zu haben, sie umbringen, oder?«

»Naja, aber hatte er bei Jakob einen?«, fragte Annette zurück.

»So viel ich weiß, soll Jakob ihn schwer beleidigt haben«, antwortete Lukas und hoffte, dass Jana es noch nicht getan hatte.

Jetzt waren sie an der Wegteilung angekommen. Sie bogen rechts ab und Lukas trieb sein Pferd wieder an. Er wollte so schnell wie möglich zur Burg, nahm keine Rücksicht auf den Weg, der ziemlich zugewachsen war. Es kam ihm wie eine Ewigkeit vor, als endlich die scharfe Kurve kam. Sie mündete in einem kleinen kreisrunden Platz, hinter dem die Burg emporragte. Sie war klein und war doch majestätisch in den kleinen Hügel eingebaut. So konnte man nicht sehen, wie groß sie war, denn der Großteil schien unterirdisch zu liegen.

Schnell lief sie hinter der lodernden Fackel her, die durch die Gänge hastete. Die milchige Silhouette vor ihr schien es ziemlich eilig zu haben. Jana fragte sich warum, traute sich aber nicht, die Frage laut auszusprechen. Sie hoffte nur, dass die Gestalt sie hier wirklich herausführen würde. Sie war ihr zwar irgendwie sympathisch, aber ein kleiner Restzweifel war geblieben. Schließlich konnte sie ja auch sonst wo hingeführt werden! Doch sie hatte das Gefühl, dass die Gestalt sie loswerden wollte. Aber warum? Eigentlich wollte Jana ja nicht hier raus, sondern nur herausfinden, warum ihr Bruder ermordet worden war.

»Sag mal, warum führst du mich eigentlich hier raus?«, fragte sie, als sie schon eine ganze Weile durch die Gänge irrten.

Die Gestalt stutzte und blieb wie angewurzelt stehen. »Na, ich denke, du willst nach Hause!«

Jana schüttelte den Kopf. »Du hast gesagt, dass es das Beste ist. Das heißt aber nicht, dass ich nach Hause will. Ich bin hierhergekommen, weil ich herausfinden will, warum mein Bruder hier in der Nähe ermordet worden ist und warum er die ganze Zeit davor von einem Lord Braton geredet hat!«

Die Gestalt schwieg. »Trotzdem solltest du dich nie wieder hier blicken lassen!«, sagte sie energisch.

»Warum nicht?«, fragte Jana mit einem trotzigen Unterton.

»Weil es zu gefährlich ist und du dich in Lebensgefahr bringst!« Jetzt wurde die Stimme langsam ungeduldig.

»Aber ich will doch nur wissen, wer meinen Bruder umgebracht hat und warum!« Jana verstand nicht, was daran so gefährlich sein wollte. Oder wollte sie es nicht verstehen?

Die Gestalt seufzte abgrundtief. »Bitte akzeptiere einfach, dass es zu gefährlich ist. Du weißt doch gar nicht, was hier für Leute wohnen!«

Jetzt seufzte Jana, doch sie erwiderte nichts mehr. Das schien die Gestalt zu beruhigen und sie setzten sich wieder in Bewegung. Sie begannen wieder an alle möglichen Ecken abzubiegen. Es ging in die unterschiedlichsten Richtungen und Jana hatte schon längst den Überblick verloren. Ihr blieb nichts Anderes übrig, als der Gestalt blind zu vertrauen. Allerdings bekam sie langsam das Gefühl, im Kreis zu laufen. Und schon meldete sich ihr Misstrauen: Wollte die Gestalt sogar, dass sie den Überblick verlor? Dass sie den Weg nicht mehr alleine rein- und rausfinden konnte? Dass ihr die Burg vielleicht größer vorkam als sie in Wirklichkeit war?

Jana fasste sich an die Schläfe. Plötzlich sah sie ihren Bruder. Erschrocken riss sie die Augen auf, doch sie erkannte nur die Fackel und die milchige Silhouette in der Dunkelheit. Sie merkte ein Pochen in ihrer Schläfe und schloss die Augen. Wieder sah sie ihren Bruder vor sich. Er saß in einen großen gepolsterten Sessel, doch dieses Mal hatte er keinen rubinroten Umhang umhängen, sondern einen meerblauen. Verwirrt blieb Jana stehen. Was hatte das zu bedeuten? Doch viel Zeit zum Nachdenken blieb nicht, denn jetzt stand Jakob auf. Er hatte ein komplett verstörtes Gesicht, lief unruhig auf und ab. Dann bleib er stehen, schaute sie direkt an. Sie sah die Sorge in seinen Augen. Seine Lippen bewegten sich, doch sie konnte nicht verstehen, was er sagte. Sie versuchte sich zu konzentrieren, doch davon bekam sich nur noch mehr Kopfschmerzen. Jetzt hatte er aufgehört zu reden. Stattdessen zog er den Umhang enger um seine Schultern und schmiegte sich mit behaglichem Gesichtsausdruck an den Stoff. Dann sah er sie wieder an. Sie versuchte in seinem Gesicht zu lesen, doch sie konnte seinen Blick nicht deuten. Wieder kniff sie die Augen zusammen und versuchte genauer hinzuschauen, doch da wurde sie an der Schulter gepackt und sanft geschüttelt. Erschrocken fuhr sie hoch. Vor ihr war die Luft verschwommen.

»Ist alles in Ordnung?«, fragte die Stimme besorgt. »Du bist leichenblass.«

Jana strich sich fahrig die Strähnen aus dem Gesicht und nickte schnell. »Jaja, schon gut«, murmelte sie noch etwas zerstreut. Sie musste sich erst einmal sammeln. Es war das erste Mal, dass sie jemand aus einer Vision geholt hatte. »Ich bin immer blass, wenn ich eine Vision hatte, besonders, wenn sie nicht erfreulich scheint«, murmelte sie in ihre Hände, als sie sich über die Augen strich. Sie wusste nicht, warum sie das sagte. Ob das die Gestalt wirklich beruhigen sollte? Eine Vision ist ja nichts, was einen beruhigen könnte, jedenfalls Janas Meinung nach.

»Wie? Du hattest eine Vision?«, fragte die Stimme und Jana wusste nicht, ob sie entsetzt oder erstaunt war.

»Ja, wieso?«, fragte sie zurück.

»Naja, ich kenne niemanden, der Visionen hat«, erklärte die Stimme ausweichend. »Erzählst du mir, was darin vorkam?«, bat sie sie dann.

Jana überlegte, wie sie es formulieren sollte. Sie wollte es eigentlich nicht erzählen und suchte deshalb nach Worten, die es grob beschrieben.

»Ich hab meinen Bruder gesehen«, antwortete sie dann knapp.

»Ist was mit deinem Bruder?«, fragte die Stimme besorgt.

»Er ist tot«, antwortete Jana trocken.

»Ja«, antwortete die Stimme, die mit dieser Information nichts anzufangen wusste. »Ich meinte, was mit ihm in deiner Vision ist. Oder ist er da auch tot?«

Jana schüttelte den Kopf. »Er hat geredet, aber ich konnte ihn nicht hören.«

»Kannst du nicht Lippenlesen?«, fragte die Stimme neugierig.

Wieder schüttelte Jana den Kopf. Es gefiel ihr nicht, dass die Gestalt auf einmal so neugierig war.

Sie wollte einer Person, die sie seit einigen Augenblicken kannte, nicht so viel erzählen. Doch sie wusste nicht, wie sie jetzt ausweichen sollte.

»Und wie war sein Gesichtsausdruck?«, fragte die Stimme weiter.

»Ich hab eher auf seine Lippen geachtet«, log Jana.

Sie hörte, wie die Stimme enttäuscht geräuschvoll durchatmete.

»Oh Mann!«, hörte sie sie besorgt murmeln, dann seufzte sie. Jana war froh, als sich die Gestalt wieder umdrehte und sie wieder durch die Gänge eilte. Jana atmete unauffällig erleichtert auf. Hoffentlich fängt sie nicht noch einmal davon an!, dachte sie und versuchte mit der Gestalt mitzuhalten.

Als sie um ein paar Ecken gebogen waren, entdeckte Jana leuchtende Pünktchen auf dem Boden. Sie schaute auf. Am anderen Ende des Ganges konnte sie Blätter erkennen und ihr Herz machte einen Hüpfer. Seit Stunden sah sie wieder die Sonne! Die Gestalt steckte die Fackel in eine Halterung und schob den Ast beiseite. Jana kniff die Augen zusammen, als die Sonnenstrahlen ihr ins Gesicht schienen. Dann streckte sie es genussvoll in das warme Licht. Auch die Gestalt schien die Sommersonne zu genießen. Dann machte sie eine einladende Geste nach draußen. Der Drang nach Freiheit und Licht zog Jana hinaus.

»Danke«, flüsterte sie der Gestalt zu.

»Schon gut«, sagte sie. »Aber du solltest dich wirklich in Acht nehmen, auch wenn er das nur aus Wut gesagt hat!«

Jana nickte nur und lief den Hügel hinunter. Sie fühlte sich wie betäubt. Die ganze Dunkelheit zwischen den kalten Gemäuern hatte sie niedergedrückt, doch jetzt fühlte sie sich richtig befreit. An dem vermeintlichen Fuchsbau, durch den sie in die Burg gelangt war, blieb sie stehen und drehte sich um. Am Hang wuchs ein großer Busch, der die Öffnung, aus der sie gekommen war, verdeckte. Die Gestalt war verschwunden.

Aristinia atmete erleichtert auf, als sie die Äste wieder vor den Ausgang zog. Jetzt war sie weg. Hoffentlich ging sie wieder nach Hause, so wie sie es ihr geraten hatte. Doch irgendetwas in ihr sagte ihr, dass es nicht so sein würde. Sie hatte das Gefühl, dass das Mädchen verloren war. Sie seufzte und drehte sich weg. Weg von dem Ausgang. Weg von dem warmen Sonnenlicht. Zu dem feuchten, dunklen Gewölbe. Es gab ihrem Herz einen Stich, doch zum ersten Mal spürte sie ihn nicht wirklich. Die Sorge um das Mädchen war größer. Die Gedanken drehten sich nur so in ihrem Kopf. Es war schon komisch. Sie machte sich Sorgen um ein Mädchen, das sie nicht mal richtig kannte. Sie glaubte ja nur, dass es sich um Jakobs Schwester handelte. Aber die Beschreibung passte so gut zu sie... Schon wieder entfuhr ihr ein tiefer Seufzer. Plötzlich fühlte sie sich müde und schlapp, was ja auch nicht verwunderlich war. Es war Abend, die Sonnenstrahlen waren längst nicht mehr so stark wie während ihrem kleinen Ausflug. Sie war erschöpft von der Raserei, mit der sie das mindestens genauso müde Mädchen durch die Gänge geführt hatte. Sie hatte es loswerden wollen, obwohl es ihr irgendwie ans Herz gewachsen war. Und doch war es besser, wenn sie sich nie wieder sahen. Denn wie wollte sie ein Mädchen vor ihrem Bruder beschützen, wenn sie sie öfters traf? Sie durfte schließlich gar nicht aus der Burg, auch wenn sie sich nicht immer an diese Regel hielt.

Erschöpft lehnte sie sich an die kalte Mauer und atmete tief durch, um ihren Puls herunterzufahren. Alles wird gut, versuchte sie sich einzureden, doch im tiefen Unterbewusstsein wusste sie ganz genau, dass es nicht gut werden würde. Es war niemals gut gewesen und es würde es auch nicht werden.

Aristinia schloss die Augen und versuchte ihre Gedanken zu ordnen. Es würde das Beste sein, wenn sie jetzt wieder zurück in ihr Zimmer ging, bevor sie irgendjemand suchte und sie hier fand. Und dann konnte sie sich warm anziehen. Entschlossen stieß sie sich von der Mauer ab und ging mit festen Schritten durch die Gänge vom Ausgang weg. Damit niemand auf dumme Gedanken kommen konnte... Ihre Schritte hallten von den Wänden tausendfach wieder und sie klangen wie Herzpochen. Ein mulmiges Gefühl beschlich Aristinia. Hastig verschnellerte sie ihre Schritte. Ihr Herz klopfte ihr bis zum Hals. Verdammt! Wovor hast du denn Angst?, dachte sie, während ihre Augen unruhig die Umgebung absuchten. Doch sie sah nur die Schwärze der Dunkelheit. Was hatte sie auch erwartet? Aristinia schüttelte den Kopf, als wolle sie diese unsinnige Gedanken vertreiben. Wie konnte sie nur Angst vor diesen Mauern haben? Sie hatte doch schon hier Verstecken gespielt, als sie kaum laufen konnte! Doch das beruhigte sie keineswegs. Das komische Gefühl blieb. Sie konnte es nicht mal richtig zuordnen. Sie spürte nur, wie sich ihr Magen umdrehte und sie eine Gänsehaut bekam. Wieder beschleunigte sie ihre Schritte.

Auch als wieder Fackeln an den Wänden hingen, konnte sie ihr Tempo nicht verringern. Ihre Beine hasteten weiter und als sie schließlich vor ihrer Zimmertür stand, schien eine schwere Last von ihren Schultern zu fallen, obwohl sie nicht einmal wusste, wovor sie überhaupt Angst hatte.

Erleichtert stieß sie die schwere Holztür auf, schlüpfte durch den Spalt und schloss sie wieder hinter sich. Als sie sich umdrehte und erleichtert auf-atmete, zuckte sie zusammen. In dem Sessel neben ihrem Lieblingssessel saß jemand, der bestimmt genauso blass war, wie sie in diesem Schreckmoment wurde. Und dieser Jemand zog erstaunt die Augenbraue hoch und sah sie besorgt an.

»Bist du verrückt?«, rief Aristinia aus, als sie sich von dem ersten Schrecken erholt hatte. »Mich so zu erschrecken!«

Darauf lachte Jakob nur. Das fröhliche Lachen passte gar nicht zu seinem besorgten Gesicht. »Tut mir leid«, entschuldigte er sich immer noch lächelnd. Doch dann erlosch das Lachen. »Ich hab es in diesem Saal nicht mehr ausgehalten.«

Das konnte Aristinia verstehen. Sie war ja auch hinausgeeilt, obgleich aus einem anderen Grund. Seufzend lehnte sich Jakob nach vorne und stützte sich mit den Armen auf seine Beine. Jetzt war sein Gesicht wieder so besorgt versteinert wie vorher.

»Ich glaube nicht, dass wir ihr noch helfen können«, murmelte er und es klang todtraurig.

»Warum nicht?«, fragte Aristinia erstaunt.

»Weil ich sie kenne!« Jakobs Stimme wurde plötzlich laut. Er wollte energisch klingen, doch er konnte die Verzweiflung nicht verbergen.

Aristinia seufzte nur und ging zu ihrem Sessel hinüber, um sich in die weichen Polster plumpsen zu lassen. Wie immer sank sie tief in die Polster ein, als sie sich nach hinten lehnte. Aus dem Sessel heraus beobachtete sie Jakob, wie er da so verzweifelt in seinem Sessel saß, sah er plötzlich unendlich verloren aus. Eine Welle an Mitleid überflutete sie. Wie sooft wünschte sie sich, nachempfinden zu können, wie es wohl sein muss, zu sterben und die Familie zurückzulassen. Und dann auch noch mit ansehen zu müssen, wie diese in den Wahnsinn ihres Bruders gelangt. Vielleicht könnte sie ihn dann besser verstehen können. Sie hatte das Gefühl, nicht annähernd zu wissen, was es heißt, jemanden zurücklassen zu müssen, so wie Jakob es gemusst hatte.

Lukas musste schlucken, als er zu der mächtigen Burg hinaufschaute, doch dann saß er ab und band sein Pferd an einen Baum. Annette führte ihres an den daneben. Sie schaute ihn unsicher an. Er sah die Angst in ihren Augen und er spürte sie in seinem Bauch. Schnell machte er einen Schritt auf sie zu und legte ihr den Arm um die Schultern, um ihr und sich selbst Mut zu machen. Dann gingen sie langsam auf die Burg zu und mit jedem Schritt wuchs die Angst in ihm, egal wie sehr er versuchte, sie in Wut umzuwandeln. Kurz vor dem großen Tor glaubte er einen Lufthauch um seine Schultern kreisen zu spüren. Ein eiskalter Schauer lief ihm den Rücken hinunter. Er spürte, wie Annette zu zittern begann und er war sich sicher, dass sie nicht fror. Ihr war bestimmt genauso unwohl wie ihm. Mindestens. Er spürte, wie sie langsamer wurde, und zog sie weiter auf das Tor zu. Dann schob er den massiven Holzflügel auf bis ein so großer Spalt entstanden war, dass die beiden hindurchgehen konnten.

»Stop!«, sagte da eine kalte Stimme energisch, als Lukas Annette gerade durch die Tür schieben wollte.

Erschrocken drehten sie sich um.

»Was macht ihr da?«, fragte die Stimme unfreundlich.

Lukas schluckte, doch dann antwortete er: »Wir wollen mit Lord Braton sprechen.« Er schluckte noch einmal, denn jetzt spürte er den Lufthauch ganz deutlich.

»Soso«, murmelte die Stimme mit einem Unterton, den Lukas nicht genau einzuordnen wusste.
Aber freundlich war er nicht. »Ihr wollt also mit mir
sprechen? Worüber denn?«, fragte Lord Bratons
Stimme und sie klang jetzt ziemlich überlegen.

Lukas atmete tief durch. Wo sollte er anfangen?
Was genau wollte er denn sagen? Und vor allem:
Wie sollte er es formulieren?

»Was ist jetzt?«, fragte Lord Braton ungeduldig,
nachdem sie eine Weile geschwiegen hatten.

»Wir wollen wissen, ob du weißt, wo Jana ist«,
kam es da etwas zaghaft über Lukas' Lippen.

Für einen Moment war es still. Totenstill. Dann
begann Lord Braton zu lachen. Es war ein hämisches
Gelächter.

»Darf man fragen, was genau daran so lustig
ist?«, zischte da Annette neben ihm. Lukas erstarrte.

Prompt erstickte das Lachen. »Werd jetzt ja nicht
frech!«, zischte Lord Braton wütend zurück.

»DU bist hier frech!«, zischte Annette zurück und
Lukas fragte sich, woher sie plötzlich diesen Mut
hatte. Er wollte sie stoppen, sie davon abhalten, eine
Dummheit zu begehen, doch er war unfähig sich zu
rühren oder gar einen Ton herauszubekommen. »Es
ist nämlich überhaupt nicht witzig, wenn man seinen
Sohn verliert, zumal du dafür verantwortlich bist!
Außerdem ist Jana auch verschwunden. Und ich
könnte wetten, dass du sie wenigstens gesehen
hast!«, fauchte Annette weiter und Lukas spürte, wie

angespannt sie war.

Das verschlug nicht nur Lord Braton die Sprache, sondern auch Lukas. Mann, das war eine Ansage gewesen!

Plötzlich wurde er am Nacken gepackt und hoch gehoben.

»Ich lass mir doch nicht von zwei jämmerlichen Menschen wie euch etwas unterstellen!«, zischte Lord Braton uns ins Ohr. »Bringt sie fort!«, rief er dann im Befehlston.

Lukas und Annette wurden durch das Tor gezogen und unsanft durch die dunklen Gänge getragen.

»Das kannst du nicht machen!«, schrie Annette wutentbrannt, doch als Antwort schallte nur Lord Bratons hässliches Gelächter durch die Gänge.

Jana setzte sich seufzend an den Fuß des Hügels. Die Gestalt war einfach verschwunden, ohne Gruß, ohne Vorwarnung. Dabei hatte sie doch noch so viele Fragen! Während sie durch die Burg geirrt war, hatte sie sich gar nicht Gedanken darüber gemacht, warum sie die Personen nicht sehen konnte, sondern nur ihre Stimmen gehört hatte. Aber wenig später, als sie aus diesem Gängelabyrinth geführt worden war, da hatte sie plötzlich eine ganz leichte Silhouette gesehen. Die Person, mit der sie gesprochen hatte, schien das gar nicht angenehm gewesen zu sein. Wahrscheinlich wusste sie genau, was hier passierte. Aber sie war durch die Gänge gehastet, als hatte sie sie loswerden wollen. Mochte sie sie nicht? Oder war es wirklich zu gefährlich für sie? Machte sie sich wirklich einfach nur Sorgen um sie?

Jana musste schlucken. Sie hatte einen dicken Kloß im Hals. Irgendwie hatte sie das Gefühl, dass hier ein ganz übles Spiel gespielt wurde und sie nichts dagegen ausrichten konnte. War ihr Bruder auch in dieses Spiel geraten? Und vor allem: Warum hatte er andauernd von diesem Lord Braton gefaselt, den sie in der Burg getroffen hatte. Sie hatte ihn ja auch nicht sehen können. Aber das Schlimmste war ja: Lord Braton und seine ganze Familie war seit einigen Jahrhunderten tot!

Jana vergrub das Gesicht in ihren Händen. Das war der reinste Alptraum! Lord Braton war tot, lebte aber trotzdem weiter. Wie sollte das gehen? Das konnten doch unmöglich alles Geister sein! Nein!, flüsterte Jana, doch genau das war die Antwort auf alle Fragen. In dieser Burg hausten wirklich Geister, genau wie es die Artikel im Internet beschrieben hatten. Deshalb konnte Jana sie auch nicht sehen, nur ihre Stimmen hören. Aber wieso konnte sie die eine Gestalt dann doch ganz leicht erkennen?

Jana schüttelte fassungslos den Kopf. Das war alles so kompliziert, nein, unmöglich traf es besser. Das konnte nicht wahr sein! Es gab doch keine Gespenster! Oder bildete sie sich das alles nur ein? Fassungslos schüttelte sie noch einmal den Kopf. Jetzt verstand sie allmählich, was Jakob da die ganze Zeit geredet hatte. Ob er in die Hände von Lord Braton geraten war? Ihr fielen die Artikel ein, wie Lord Braton angeblich zu Lebzeiten gewesen sein sollte. Er war ein skrupelloser Herrscher gewesen, an Eitelkeit nicht zu übertreffen. Er richtete Leute hin, wenn er sich durch sie in seinem Stolz verletzt fühlte. Ein Massenmörder wie aus dem Bilderbuch. Der Rubin, sein Erkennungszeichen, sollte für das Blut stehen, das bei den Hinrichtungen geflossen war und über das er so schadenfroh gelacht hatte.

Und da fiel es Jana wie Schuppen von den Augen und gleichzeitig lief ihr ein eiskalter Schauer über den Rücken. Jetzt begriff sie es endlich! Die Visionen. Der Rubin. Das verstörte Gesicht ihres Bruders. Wie hatte sie nur all die Jahre so blind sein können? Der Rubin für den Lord, die Leiden ihres Bruders.

Aber was hatte er Lord Braton angetan, dass dieser ihm den Krieg erklärt hatte?

Jetzt war alles klar. Dass Lord Braton bei Jakobs Tod seine Finger im Spiel gehabt hatte, lag auf den Hand. Ein Geistesblitz durchzuckte Jana. Die rubinroten Buchstaben in ihrer Vision... Sie riss erschrocken die Augen auf. Und schüttelte fassungslos den Kopf. Das. Durfte. Einfach. Nicht. Wahr. Sein. Nein! Tränen schossen ihr in die Augen, als ihr die Worte ihrer Mutter in den Sinn kamen: »Mach nicht denselben Fehler wie dein Bruder.«

Sie musste hier weg. Sie stürzte los, immer in Richtung Heimweg, doch sie war sich nicht sicher, ob es sie noch einmal hierher ziehen würde. Sie musste doch ihren Bruder rächen!

Jana stolperte über eine Baumwurzel. Sie strauchelte. Fall bloß nicht so tief wie dein Bruder!, dachte sie. Du wirst Lord Braton nicht die Freude machen, dich um die Ecke zu bringen! Nein, du nicht! Mit diesem Gedanken wischte sie sich die Tränen fort und machte sich entschlossen auf den Heimweg.

Plötzlich fasste ihn jemand am Arm. Er schaute auf. Aristinia sah in besorgt an und drückte seinen Arm sanft, als wolle sie ihn beruhigen. Aber er konnte sich nicht beruhigen, egal wie sehr er es versuchte. Er war doch schon so dumm gewesen und war in Lord Bratons Falle getappt. Hoffentlich durchschaute Jana ihn eher und konnte ihn umgehen. Sie war nicht dumm, aber sie war einfach zu neugierig. Genau wie er. Und ihm war die Neugier zum Verhängnis geworden. Er konnte und wollte es einfach nicht zulassen, dass das auch Jana passieren würde. Doch so sehr er sich auch den Kopf zerbrach, ihm fiel nichts ein, womit er sie warnen konnte oder gar Lord Braton stoppen konnte. Es war zum Aus-der-Haut-fahren!

»Sie hatte im Gang eine Vision.« Die Stimme war nur ein schüchternes Flüstern, doch Jakob fuhr herum.

»Wie bitte?«, fragte er, vielleicht einen Tick zu laut. Aristinia zuckte leicht zusammen. »Sie hatte was?« Jakob war fassungslos. Jana hatte eine Vision gehabt. Verdammt, er musste wissen, was darin vorkam, vielleicht konnte er Jana warnen!

»Was hat sie gesehen?«, fragte er aufgeregt, bevor Aristinia eine Reaktion zeigen konnte.

»Naja«, murmelte sie ausweichend. »Sie wollte mir nicht recht erzählen, was passiert ist. Ich glaube, dass mit der Vision ist ihr eher so rausgerutscht. Sie ist die ganze Zeit hinter mir her gelaufen und als ich dann keine Schritte mehr gehört habe, hab ich mich umgedreht. Da stand sie dann. Wie angewurzelt und leichenblass. Sie hatte die Augen zusammengekniffen. Ich hab sie an den Schultern gepackt und leicht geschüttelt, weil ich dachte, es sei etwas passiert.« Jakob schüttelte leicht den Kopf. Aristinia hatte Jana einfach so aus einer Vision geholt! Doch die schien das gar nicht zu bemerken. Sie erzählte mit besorgtem Gesichtsausdruck einfach weiter und weiter. »Sie hat mich total erschrocken angeschaut und war auch verwirrt, wie als hätte ich sie gerade aus einem Tiefschlaf geholt. Als ich sie auf ihre Gesichtsfarbe angesprochen hab, ist ihr das mit der Vision herausgerutscht und dass sie nicht gerade erfreulich gewesen sei. Ich wollte wissen, was sie denn gesehen hat, aber meinte nur, dass sie ihren Bruder gesehen hat. Er hat mit ihr gesprochen, aber sie hat ihn nicht verstanden. Mehr wollte sie mir nicht erzählen. Wahrscheinlich hatte sie kein Vertrauen zu mir.«

Nachdem Aristinia geendet hatte, schwieg sie betroffen. Jakob vergrub sein Gesicht in den kalten, zittrigen Händen. Er seufzte abgrundtief. Scheiße, wo sind wir da nur hineingeraten?, fragte er sich.

»Hör auf, dir Vorwürfe zu machen!«, sagte Aristinia streng. »Ich weiß genau, dass du denkst, du hättest sie da mit reingezogen!« Sie schaute ihn vorwurfsvoll an.

»Hab ich ja auch!«, widersprach Jakob. »Sie ist hierhergekommen, weil sie den Grund für meinen

Tod herausfinden will. Und wo sucht man natürlich, wenn man seinen Bruder in den Visionen von einem Lord Braton faseln hört? Natürlich in dessen Burg! Nur deshalb war sie hier!« Wieder entfuhr ihm ein Seufzer.

Auch Aristinia seufzte. Wenigstens widersprach sie ihm nicht. Er konnte es nicht leiden, wenn er sich Vorwürfe machte, und es Menschen wagten, ihm zu widersprechen. Vor allem, wenn sie unglaubwürdige Argumente hatten.

»Du solltest dir keine Vorwürfe machen!« Das war ja der beste Satz, den er je gehört hatte! Denn warum sollte er sich keine Vorwürfe machen, wenn er doch Schuld an diesem Schlamassel war?!

Doch genau diesen Satz hörte er jetzt. Und zwar aus Aristinias Mund.

»Warum?«, fragte er leicht sarkastisch.

»Weil dich das nur vom Wesentlichem ablenkt«, antwortete sie.

Jakob runzelte die Stirn und schaute sie erstaunt an. Mit so einer Antwort hatte er nicht gerechnet.

Aristinia nickte. »Wir sollten lieber überlegen, wie wir ihr helfen, und nicht überlegen, warum es so weit gekommen ist.«

Irgendwie hatte sie ja recht. Aber er hatte schon so lange überlegt und ihm war nichts eingefallen. Er seufzte niedergeschlagen. Hoffentlich hatte Aristinia ein paar Ideen. Hilfreicher als seine waren sie bestimmt.

»Ich glaube, wenn sie eine Zeit lang darüber nachdenkt, wird sie schon verstanden haben, warum es hier so gefährlich ist«, meinte Aristinia da, mehr zu sich selbst als zu ihm. »Sie wirkte auf mich, als hätte sie sich noch keinerlei Gedanken darüber gemacht, warum sie uns nicht sehen konnte.«

Jakob nickte stumm. Dumm war Jana nicht, das wusste er.

»Weißt du«, murmelte da Aristinia aus ihrem Sessel heraus. Sie wirkte, als wäre sie unschlüssig, ob sie es nun erzählen sollte oder nicht. »Ich wollte es dir eigentlich nicht erzählen, weil ich dachte, dass würde dich Einiges zurückwerfen, aber...« Sie stockte kurz. Jakob sah sie erwartungsvoll an. »Sie hat mich so angesehen, als ob...« Wieder hielt sie inne, diesmal für eine längere Zeit.

Da stutzte Jakob. »Warte«, sagte er. »Sie hat dich ANGESEHEN?!«, fragte er fassungslos.

Aristinia nickte wortlos. »Sie sah aber gleich wieder weg, wahrscheinlich hat sie mich so verschwommen gesehen, dass ihr die Augen tränten.« Sie sah ihn an. »Wie bei dir damals, weißt du.«

Jakob nickte. Aristinia schaute ziemlich erschüttert aus und genauso fühlte er sich. Was hatte Jana alles getan, dass sie sie schon sehen konnte? Sie steckte schon viel zu tief in der Sache mit drin. Aber noch nicht zu tief. Hoffentlich kam sie mit einem blauen Auge davon. Aber dafür war es jetzt höchste Eisenbahn!

Plötzlich fuhren beide aus ihren Sesseln hoch. Es klopfte energisch an die schwere Holztür.

»Lady Aristinia Braton!«, drang die Stimme des Dieners durch die Tür. »Man lässt Euch ausrichten, dass Lord Braton zwei Menschen in den Kerker hat werfen lassen!«

Dann entfernten sich die Schritte wieder. Jakob und Aristinia schauten sich erschrocken an und bei Jakob begannen alle Alarmglocken laut zu schrillen.

»Ich hab kein gutes Gefühl bei der Sache!«, sagte er zu Aristinia und sie nickte ihm zustimmend zu.

Die letzten Sonnenstrahlen blitzten über das Stalldach auf den Hof, als Jana endlich mit dem Fahrrad durch das Tor fuhr. Erschöpft von dem langen Tag lehnte sie ihr Fahrrad einfach nur an die Stallwand. Dann blieb sie stehen. Ein unbehagliches Gefühl stieg in ihr auf. Es war ungewöhnlich still auf dem Hof. Langsam schaute Jana sich um. Der Hof war wie ausgestorben, nur von der Weide hörte man die Pferde wiehern. Aber ansonsten... Ihre Mutter hatte nicht wie sonst den Kopf aus dem Fenster gestreckt, wenn sie zu spät nach Hause gekommen war. Anrufen konnte sie ja nicht, Janas Handy war leer. Langsam ging sie auf das Wohnhaus zu, immer noch lauschend. Doch irgendetwas in ihr sagte ihr, dass sie sowieso nichts hören würde. Dass da nichts war.

Die Haustür war nicht abgeschlossen. Das vergaßen ihre Eltern doch sonst nicht! Panisch stieß sie die Tür auf und stürmte hinein. In der Diele blieb sie noch einmal stehen und lauschte. Es war unglaublich still, um nicht zu sagen totenstill. Sofort eilte Jana in jedes verdammte Zimmer in diesem Haus, hoffte, ihre Eltern doch irgendwo zu finden. Und die kleine Stimme in ihrem Hinterkopf wurde bei jedem leeren Zimmer lauter und lauter. »Du findest sie nicht!« und »Hier sind sie nicht!« hallte es immer wieder in ihrem Kopf und sie hatte recht. Ihre Eltern waren nicht zu Hause. Niedergeschlagen ließ sie sich auf der untersten Treppenstufe fallen. Wo könnten sie denn noch sein?

Halb entschlossen, halb demotiviert stand Jana schließlich auf. Ein Hoffnungsschimmer war in ihr aufgekeimt. Ihre Eltern mussten ja nicht unbedingt im Wohnhaus sein. Sie konnten auf der Weide sein, im Obstgarten, im Stall oder in der Sattelkammer. Der Hof war groß und verwinkelt, sie könnten überall sein. Schnell machte sie sich auf und begann den Hof zu durchkämmen. Doch wie es das Schicksal wohl wollte, konnte sie sie nicht finden. Sie waren nicht im Stall, nicht auf der Weide, nicht im Obstgarten und in der Sattelkammer hangen nur Sättel. Der Reitplatz war wie leergefegt, genau wie die Reithalle. In der Scheune waren sie nicht, im Keller auch nicht...

Als Jana sich wieder auf die Treppenstufe fallen ließ, war es schon längst dunkel. Sie beschloss erstmal ins Bett zu gehen und eine Mütze voll Schlaf zu nehmen. An diesem Tag konnte sie so oder so nichts Weltbewegendes mehr unternehmen. Und vielleicht waren ihre Eltern ja auch nur unterwegs, wer weiß das schon?

Doch richtig einschlafen konnte sie trotzdem nicht. Es war so merkwürdig ruhig im Haus. Normalerweise genoss sie die Stille, doch jetzt sehnte sie sich nach nichts mehr als nach Geräusche. Geräusche, die Lebenszeichen von ihren Eltern aussendeten.

Doch es blieb still.

Totenstill.

Die Gedanken kreisten nur so durch ihren Kopf. Sie hatte schon Kopfschmerzen, so viele Sorgen machte sie sich um ihre Eltern. Sie hatte das unbestimmte Gefühl, dass ihre Eltern nicht ausgegangen waren. Sie konnte dieses Gefühl nicht genau zu ordnen und genau das machte ihr Angst.

Irgendwann musste sie dann doch eingenickt sein, denn als sie hochschreckte, war es fünf Uhr morgens. Das Erste, was sie dachte, war: Wo bin ich? Das Zweite: Scheiße, meine Eltern sind immer noch nicht da!

Und sie hatte recht. Es war kein Laut zu hören. Kein Geschirrgeklapper, kein Radio, aus dem fröhliche Musik dudelte, kein gar nichts. Nur das entfernte Wiehern der Pferde, das von der Weide zum Hof herüber schallte.

Hastig sprang Jana aus dem Bett, zog sich an und lief die Treppe hinunter in die Küche. Während sie alleine frühstückte, kam sie sich ziemlich verloren und verlassen vor. Was sollte sie bloß nur tun?

Als sie wenig später den Tisch wieder abräumte, war sie keinen Schritt weitergekommen. Sie ging hinauf in das Schlafzimmer ihrer Eltern. Es war genauso, wie sie es am Abend zuvor auch gefunden hatte. Leer. Regungslos stand sie im Türrahmen. Jedes einzelne Wort fiel ihr wieder ein.

Das wirst du bezahlen! Du und deine Familie.- Du stürzt in dein Verderben, Mädchen. Du solltest dich wirklich in Acht nehmen.

Hatte Lord Braton das wirklich in die Tat umgesetzt? Obwohl er es - laut der Person, die sie aus der Burg geführt hatte - nur aus Wut gesagt hatte? Jana könnte sich vor Verzweiflung auseinanderreißen. Jetzt hatte sie sich schon vorgenommen, nie wieder zur Burg zu gehen! Und jetzt? Jetzt waren ihre Eltern verschwunden. Und sie hatte das ungute Gefühle, dass sie in der Burg waren. Sie musste also wieder dorthin.

Diesmal nahm sie Wirbelwind, damit sie wenigstens einen hatte, auf den sie sich verlassen konnte.

Hart schlug sie auf den kalten Steinen auf. Sie fühlte sich wie ein dummes, kleines Kind. Wie hatte sie nur so überreagieren können? Sie war Schuld, dass sie jetzt in diesem dunklen Verließ festhangen.

Hinter sich hörte sie, wie die Tür in dem Eisengitter zugeschlagen und abgeschlossen wurde. Niedergeschlagen blieb sie am Boden liegen. Wieso hatte sie sich nicht zügeln können? Warum war sie bloß nur so ausgerastet? Wie konnte man nur so...? Annette setzte den Gedanken nicht fort. Sie seufzte tief. Da spürte sie eine Hand, die sich auf ihre Schulter legte. Sie sah auf. Lukas kniete neben ihr.

»Steh auf. Der Boden ist doch kalt«, flüsterte er sanft und ohne jeglichen Vorwurf in der Stimme.

Langsam stand Annette auf. Sie war so unglaublich enttäuscht von sich selbst und sie konnte es sich nicht vorstellen, dass Lukas es nicht war, auch wenn er es ihr nicht zeigen wollte. Sie seufzte noch einmal. Lukas verdrehte die Augen.

»Hör auf zu seufzen«, sagte er. »Das macht es nicht besser.« Er sah sie eindringlich an.

»Na gut«, murmelte Annette und seufzte trotzdem noch einmal. Dann ließ sie sich wieder auf den Boden fallen.

»Ich weiß genau, dass du dir Vorwürfe machst«, sagte Lukas und ging wieder neben ihr in die Hocke.

»Ja, aber wer ist denn sonst Schuld, wenn nicht ich?«, fragte Annette trotzig. »Schließlich habe ich doch den Mund zu voll genommen! Einem Mann gegenüber, der mehr Macht hat als wir beide zusammen.«

»Das ist wahr«, meinte Lukas und schaute gedankenverloren gegen die Steinmauer. »Aber jetzt überleg doch mal: Warum sind wir hierhergekommen?«

Annette legte die Stirn in Falten. Worauf wollte er hinaus? Doch sie spielte brav mit und antwortete: »Um Jana zu suchen.«

»Und warum ist Jana weggelaufen?«

»Um den Grund von Jakobs Tod herauszufinden.«

»Und warum gehen wir dann hierher?«

»Weil Jakob die letzte Zeit vor seinem Tod hierverbracht hat und er oft von Lord Braton gesprochen hat.«

Langsam kam ihr diese blöde Fragerei ziemlich bescheuert vor. Worauf wollte er bloß hinaus?

»Und wer hat ihn dort hingehen lassen?«

»Du«, antwortete Annette ohne groß nachzudenken und bereute die Antwort auch sogleich. Jetzt war klar, worauf Lukas hinaus wollte.

»Na also. Seien wir mal ganz ehrlich: Da alles mit allem zusammenhängt, bin ich zum Teil daran Schuld, dass Jakob überhaupt ermordet wurde.« Er sah sie auffordernd an. Sie verdrehte die Augen.

»Aber auch nur zum Teil«, sagte sie mit Nachdruck.

Er grinste zufrieden. »Schuld ist Schuld.«

Annette verdrehte nochmal die Augen. »Und was genau willst du mir jetzt damit sagen?«, fragte sie.

»Dass du nicht allein an diesem Schlamassel Schuld bist, nur weil du halt mal ausgetickt bist«, antwortete er ernst.

»Im falschen Moment ausgetickt«, fügte sie hinzu und stand seufzend wieder auf.

Dann sahen sie sich an. Annette fühlte sich ziemlich hilflos. Denn, was sollte sie auch machen. Wie konnten sie sich aus diesem Gefängnis befreien? Und dann auch noch durch dieses Labyrinth zurück nach draußen finden?

»Und jetzt?«, fragte sie ratlos.

Lukas zuckte mit den Schultern. Er lehnte sich nachdenklich gegen die Wand und starrte Löcher in die Decke. Annette sah ihn erwartungsvoll an und wartete.

»Ich hab in letzter Zeit etwas nachgedacht«, sagte Lukas nach einer kleinen Ewigkeit.

Annette sah ihn aufmerksam an.

Lukas holte tief Luft. Dann stieß er sie geräuschvoll wieder aus. Ansonsten war es still.

»Ich hab mir überlegt, warum Lord Braton jetzt eigentlich in dieser Burg als Geist haust«, sagte er dann. »Also, nachdem ich mich damit abgefunden habe, dass es Geister wohl doch gibt«, fügte er schnell hinzu. »Aber, wenn Lord Braton ermordet wurde und dann ein Geist wurde.« Er machte eine kleine Pause und verzog angestrengt das Gesicht. »Dann könnte Jakob doch theoretisch auch ein Geist sein, oder?« Er sah sie fragend an. »Da er ja auch ermordet wurde, mein ich.« Lukas schwieg, wahrscheinlich wartete er auf eine Antwort.

Annette begann zu überlegen. Es war eine absurde Idee, aber rein theoretisch könnte da etwas dran sein, wenn man mal davon absah, dass Gespenster nur in der Fantasie existierten. Sie nickte langsam.

»Das könnte sein, aber ich weiß nicht, wann ein Verstorbener ein Geist wird und wann nicht«, antwortete sie langsam und nachdenklich. Sie kam sich irgendwie ziemlich bescheuert vor, wie sie so über solch absurde Sachen redete. Doch in Gedanken spann sie weiter. Denn was viel wichtiger war: Wenn das wirklich wahr war, was Lukas da gesagt hatte, dann... Annette hielt die Luft an. Dann könnten sie Jakob theoretisch wiedersehen! Der Gedanke daran ließ ihr Herz höher klopfen.

»Ja, genau das habe ich auch gedacht, als mir das eingefallen ist«, lächelte Lukas, als hätte er ihre Gedanken gelesen. Wahrscheinlich hatte er aber nur an ihrem Gesichtsausdruck gesehen, dass sie kapierte, was er meinte.

»Wir müssen herausfinden, ob ihn hier irgendjemand kennt und ob er weiß, wo Jakob ist!«, rief Annette aufgeregt. Jetzt hatte sie ihren Elan wiedergefunden.

Tausendfach hallte das Echo ihrer Schritte wieder, doch die Angst von vorhin war verflogen. Weiß der Teufel, was sie da geritten hat. In dem eigenen Zuhause Angst vor etwas zu haben, das gar nicht da war! Jetzt konnte sie nur noch den Kopf darüber schütteln. Doch zur Zeit hatte sie ganz andere Sorgen. Sie musste herausfinden, wen ihr herzallerliebster Bruder da mal wieder eingesperrt hatte. Und warum, natürlich. Sie hastete weiter durch die Gänge. Als sie in den Hauptbereich der Burg kam, waren die Wände noch mehr geschmückt wie an allen anderen Stellen und Ecken der Burg. Doch sie hatte schon lange kein Auge mehr für die unzähligen Gemälde, die größtenteils ihren Bruder und Ururvorfahren zeigten. Oder irgendwelche anderen aufgetakelten, eitlen Adligen. In solchen Augenblicken hasste sie die Burg. Klar, sie war groß, man war angesehen. Aber so ein großes Zuhause konnte auch Nachteile haben. Wie zum Beispiel, wenn man versucht, von der einen Ecke zur anderen zu kommen. Und das möglichst schnell. Sprich: Es dauerte Ewigkeiten.

Als Aristinia endlich an den Stufen angekommen war, die zu den Zellen führten, war sie völlig außer Atem. Langsam ging sie die Treppe hinunter. Sie durfte vor den Wachen keineswegs Erschöpfung zeigen, geschweige denn geschwitzt aussehen. Das duldete ihr Bruder nicht und die Wachen waren zu erstklassigen Petzen ausgebildet worden. Ja, ihr Bruder war in solchen Sachen wirklich gründlich.

Unten auf der letzten Stufe angekommen, nahm sich Aristinia erst einmal die Zeit und sah sich gründlich um. Dann schritt sie durch den Gang an den meistens leeren Zellen vorbei. Ganz hinten, aus der letzten Zelle, hörte sie Stimmen. Und so wie es aussah, unterhielten sich die Gefangenen mit den Wärtern. Aristinia ging langsamer, um keinen Lärm zu machen. Sie lauschte angestrengt. Das Gespräch schien noch ziemlich am Anfang zu sein.

»Ich glaube nicht, dass ich so etwas erzählen darf«, sagte ein Wärter gerade verunsichert.

»Dürft ihr nicht sagen, wer alles bei euch arbeitet? Ich mein, hier in dieser großen Burg müssen doch bestimmt sehr viele arbeiten, oder?«, fragte ein Mann neugierig, den Aristinia nicht sehen konnte. Er stand wahrscheinlich hinter den Gittern.

Darauf schnaubte ein anderer Wächter nur abfällig. »Unser Jakob«, sagte er und schüttelte verbittert den Kopf. »Der hat gar keine richtige Arbeit hier. Jedenfalls sieht man ihn nie richtig arbeiten.«

»Wieso?«, fragte der Mann aufmerksam und Aristinia merkte, dass er eine Chance witterte, an Informationen heranzukommen.

»Na, weil die Lady ihn unter ihre Fittiche genommen hat!«, knurrte sein Gegenüber.

»Welche Lady?«, fragte der Mann weiter.

»Die Schwester von Lord Braton. Sie hat ihr Gemach etwas weiter draußen, mitten im Gängelabyrinth. Wahrscheinlich kann sie ihren Bruder nach all den Jahren nicht mehr aushalten. Der muss die ätzende Prahlerei doch schon als Kind zum Hals rausgehangen haben!« Er schüttelte fassungslos den Kopf und die andere Wache nickte ihm zustimmend zu.

»Ja, und warum arbeitet er dann nicht richtig? Die Lady muss doch besondere Ansprüche haben, oder nicht?«, fragte der Gefangene weiter.

»Die Lady«, sagte der Wärter und konnte sich ein seliges Lächeln nicht verkneifen. »Die Lady ist ganz anders als der Lord. Sie ist nicht so machtgierig. Die ist sparsam und ruhig. Die braucht nicht viel. Jedenfalls zeigt sie sich so den anderen, aber ich glaube nicht, dass die privat anders ist.« Er nickte fröhlich, was Aristinia auch verstehen konnte. Ihr Bruder ging ja nicht gerade zimperlich mit seiner Dienerschaft um.

»Ja, und außerdem ist der Jakob ihr Diener. Ihr ganz persönlicher Diener. Sie hätte bestimmt keinen gebraucht. Sie wollte ihm bestimmt nur helfen. Sie hat auch ihre Boten, die ihr sagen, wenn ihr Bruder auf Eindringlinge losstürmt oder Gefangene nimmt. Dass ihr zwei hier seid, diese Information ist bestimmt schon längst zu ihr hinübergelaufen.« Der Wärter grinste. »Aber ich glaube, sie hat auch jemanden gebraucht, dem sie ihre Dienerkammer zuweisen konnte. So hat sie Gesellschaft und auch überzeugendere Ausreden, wenn sie nicht den ganzen Tag bei ihrem Bruder herumhängt und sich sein nerviges Gerede anhört. Ich kann die Gute ja verstehen. Sie behandelt uns auch nicht so schlecht wie ihr Bruder und versucht uns immer so gut es geht vor ihm zu beschützen.« Jetzt schauten die beiden Wächter sich versonnen an.

»Aber ihr seid sicher, dass es der Jakob ist, der vor ein paar Jahren von Lord Braton erstochen worden ist?«, fragte der Gefangene nochmal nach und durchbrach die Andacht der Wärter.

Die nickten eifrig. »Ich weiß noch ganz genau, wie der Lord damals heim kam. Die Hände voller Blut und die Kleidung war auch beschmiert.« Er schüttelte sich vor Ekel. »Ich glaube nicht, dass das jemals rausgegangen ist. Die Blutflecken sind bestimmt heute noch auf dem Hemd«, meinte er. Sein Kumpel nickte ihm zu stimmend zu. Beiden war der Ekel ins Gesicht geschrieben.

Aristinia atmete tief durch und ging entschlossen auf die beiden zu. Die Schuhe klopften dumpf auf den Steinen und hallten doch laut an den Mauern wieder. Die Wärter fuhren erschrocken herum.

»Lady Aristinia!«, rief er erschrocken. Er deutete hastig eine kleine Verbeugung. Aristinia straffte ihren Rücken. »Was macht Ihr denn hier unten?« Er versuchte erstaunt zu klingen, doch den Schrecken, den sie ihm eingejagt hatte, klang in seiner Stimme mit.

»Naja«, sagte Aristinia würdevoll und konnte sich ein Schmunzeln nicht verkneifen. »Wie ihr zwei ja schon sagtet, die Information ist schon zu mir herübergelaufen. Und das schon ziemlich lange, denn sonst wäre ich ja noch nicht hier.«

Die Wärter wurden kreidebleich. Der Gefangene sah von einem zum anderen und jetzt erst sah Aristinia die Frau, die hinter ihm an der Wand lehnte.

»Ihr habt das mitgehört?«, fragte einer der Wachen erschrocken.

»Schaut ganz danach aus, meint ihr nicht?« Aristinia schaute lächelnd von einem zum anderem.

»Das«, der Wächter räusperte sich. »Das mit ihrem Bruder, dass...«

»Es wird kein Wort über meine Lippen kommen, das wisst ihr doch!«, unterbrach Aristinia ihn.

Die beiden atmeten erleichtert auf und bekamen langsam wieder Farbe in die Gesicht.

»Aber nur«, setzte Aristinia nach. Die Wärter sahen sie aufmerksam an. »Nur wenn bei euch auch nichts drüber kommt. Ich bin nicht hier unten gewesen.«

Die zwei nickten hastig. »Also, wenn man denn die Frage stellen darf.« Die Wache schluckte. »Was genau wollt Ihr hier?«

Das brachte Aristinia zum Schmunzeln. »Na, wie ihr ja schon sagtet, ich möchte mich nach den Gefangenen erkundigen. Und wo wir ja gerade dabei sind, würde es mich auch interessieren, warum sie denn so nach Jakob fragen.« Sie sah an dem Wächter vorbei abwechselnd den Mann und die Frau an.

Die wechselten einen unsicheren Blick. In den Augen der Frau stand zweifellos die Frage »Sollen wir es ihr erzählen oder nicht?«.

»Ihr könnt mir ruhig vertrauen«, sagte Aristinia beruhigend. »Jakob ist bei mir gut aufgehoben und bei meinem Bruder petze ich schon seit ich fünf bin nicht mehr.« Sie lächelte die beiden aufmunternd an.

Die Frau seufzte. »Na gut«, sagte der Mann. Er streckte ihr seine Hand durch die Gitterstäbe hin. »Ich bin Lukas«, stellte er sich vor.

Aristinia nahm seine Hand an und entgegnete: »Lady Aristinia Braton. Jakob ist mir ein guter Freund. Sie können mir vertrauen.«

Jetzt kam die Frau nach vorne an das Gitter und Lukas ließ ihre Hand los. Auch sie streckte Aristinia ihre Hand entgegen. Auch diese nahm Aristinia an.

»Annette«, sagte die Frau mit belegter Stimme. Aristinia fiel auf, dass sie geweint hatte. »Ich bin Lukas' Frau.«

Aristinia lächelte sie freundlich an. Annette sah sehr traurig aus und sie wollte sie aufmuntern.

Lukas nahm Annette in den Arm. »Wir sind Jakobs Eltern«, sagte er da.

Das verschlug Aristinia erst einmal die Sprache. Sie sah die beiden fassungslos an. »Wie? Ihr beide? Jakobs Eltern?«, stammelte sie und starrte sie mit weit aufgerissenen Augen an.

Die beiden nickten.

Dann erinnerte sich Aristinia. Sie hatte die beiden

ja schon einmal gesehen! »Ich...ich kenne euch«, brach es aus ihr heraus.

»Wie?«, fragte Annette.

»Na, Jakob hat mir euch zwei schon mal gezeigt.« Sie schaute sich nach den beiden Wächtern um. Die gingen ein paar Schritte zurück. Aristinia beugte sich nach vorne und flüsterte kaum hörbar: »Ich war mit Jakob auf eurem Hof, weil er es in der Burg nicht mehr ausgehalten hat und ich auch nicht.«

Lukas zog eine Augenbraue hoch. »Und wieso flüstern Sie das?«, fragte er mit gedämpfter Stimme.

»Weil mein Bruder es verboten hat. Wir dürfen nur auf höchste Anordnung, das heißt von ihm befohlen, die Burg verlassen«, flüsterte Aristinia zurück.

Da trat Annette nach vorne. »Ich«, fing sie an und senkte dann ihre Stimme. »Ich würde ihn gerne sehen«, flüsterte sie. »Geht das?« Sie sah Aristinia flehend an.

»Ich weiß nicht, ob ihr ihn überhaupt sehen könnt. Schließlich ist er ja tot«, antwortete Aristinia. Sie wollte Jakobs Eltern so gerne diesen Wunsch erfüllen. Sie sahen so traurig aus.

»Naja, aber Sie sind doch auch tot, oder etwa nicht?«, wandte Lukas ein und ein belustigtes Lächeln huschte über sein Gesicht.

Aristinia stutzte. Er hatte recht. Sie schienen Aristinia sehen zu können.

»Kein Wunder«, murmelte Aristinia vor sich hin.

»Wenn der Sohn sich schon so mit ihm angelegt hat.«

»Was dann?«, fragte Annette.

»Ich hab nicht ganz bedacht, dass Sie vielleicht auch so tief drinstecken, dass sie uns auch sehen können«, antwortete sie. Dann ging sie einen Schritt zurück und sagte: »Ich werde sehen, was ich tun kann.«

Die beiden lächelten dankbar. Dann drehte sich Aristinia um und machte sich auf um Jakob Bescheid zu   geben.

Endlich kam Jana bei der Lichtung an. Jetzt musste sie nur noch den kleinen Weg bis zum Hügel, dann war sie da. Sie führte Wirbelwind weiter hinter sich her und hörte sein Schnauben. Konnte er es vielleicht auch nicht abwarten, endlich da zu sein? Jedenfalls hatte sich das Schnauben ziemlich fröhlich angehört.

Jana hatte absteigen müssen, um den Weg vor Wirbelwind freizukämpfen. Sie wusste, das der nächste Weg noch zugewachsener war. Immer wieder musste sie stehen bleiben, um auch die Äste neben Wirbelwind beiseite zu biegen.

Plötzlich blieb Wirbelwind stehen. So ruckartig, dass Jana verwundert den Ast, den sie gerade zur Seite gebogen hatte, losließ. Mit Schwung knallte er ihr schmerzvoll mitten ins Gesicht und Jana war sich sicher, dass er dort einen roten Striemen hinterließ. Vorsichtig ging sie an Wirbelwind vorbei, um nach der Ursache des Halts zu suchen. Die Büsche versperrten den Weg. Sie bog die Äste auseinander und führte Wirbelwind auf die Lichtung vor dem Hügel. Er lag kein bisschen verändert vor ihr. Was hatte sie auch erwartet? Dass er sich bewegt hatte?

Sie führte Wirbelwind zu einem Baum und band ihn dort an. Er stampfte unruhig mit den Hufen auf den Boden. Konnte er die Gefahr etwa riechen, in der sie waren? Auch Jana hatte ein mulmiges Gefühl bei der Sache. Schon allein bei dem Gedanken daran, dass sie noch einmal in diese Burg sollte und höchstwahrscheinlich Lord Braton wiedersah,

sträubte sich alles in ihr. Sie wollte nie wieder hier-
herkommen, aber sie musste ihre Eltern wiederfinden! Und sie hatte dieses ungute Gefühl, dass Lord
Braton genau wusste, wo sie waren. Und wenn er das
wusste, dann waren sie bestimmt nicht in guten Händen aufgehoben, da war Jana sich sicher. Verunsichert schaute sie zu dem Hügel hinüber. Sie zögerte.
Einerseits hatte sie überhaupt keine Lust da wieder
reinzugehen. Andererseits musste sie ihre Eltern
wiederfinden. Und wo sollten sie sonst sein? Sie
waren wahrscheinlich auf der Suche nach ihr, weil
sie nicht zum Abendessen heimgekommen war. Da
fiel Jana ein, dass sie ja den Zeitungsartikel auf ihrem Bett hat liegen lassen. So waren ihre Eltern bestimmt zur Burg geritten. Und noch nicht wieder
zurückgekommen. Sie waren also in Lord Bratons
Händen. Aber was hatte die Vision mit der ganzen
Geschichte zu tun? Was hatte Jakob ihr ausrichten
wollen? Er hatte sehr besorgt ausgesehen und das
letzte Mal, als sie eine Vision von ihm hatte, das war
an seinem Todestag. Und immer waren da die Farbe
Rot oder ein Rubin zu sehen. Und dann war da plötzlich dieser meerblaue Umhang gewesen. Was hatte
das zu bedeuten? Irgendwie hatte sie das Gefühl, sie
hätte so einen Umhang schon irgendwo mal gesehen.
Nur an einer anderen Person. Nur an welcher? Und
hatte das etwas über ihren Bruder auszusagen?

Sie stöhnte verzweifelt auf. Sie zerbrach sich immer und immer wieder den Kopf über diese ver-

dammten Visionen. Und dann, wenn sie endlich herausgefunden hatte, was sie bedeuteten, dann war es meistens schon zu spät. Und jedes Mal könnte sie sich deswegen zu Tode ärgern.

Wirbelwind schmiegte sanft seinen Kopf an ihre Schulter. Sollte das jetzt heißen: »Geh doch endlich darein!« oder »Bleib hier!«? Jana wusste es nicht. Sie zögerte immer noch. Sie konnte sich einfach nicht dafür entscheiden, in diese Burg zu gehen. Aber nach Hause zu gehen, ohne ihre Eltern mitzunehmen? Das war undenkbar! Unentschlossen kraulte sie Wirbelwind hinter den Ohren. Dabei sah sie gedankenverloren zum Hügel hinüber. Sollte sie oder sollte sie nicht? Da bemerkte sie eine Bewegung. Nicht das der Strauch bewegt hätte, der den Eingang zur Burg verdeckte. Nein! Dahinter! Sie schaute genauer hin. Da war jemand! Jemand, den sie sehr gut kannte!

Sie rannte atemlos den Hügel hinauf, während ihr Ruf zwischen den Bäumen wiederhallte: »Jakob!«

Eigentlich hatte er nur frische Luft schnappen wollen. Aber er hätte ja nicht wissen können, dass er dabei ausgerechnet seine Schwester treffen würde! Sie sollte doch verdammt nochmal Zuhause bleiben! Was wollte sie hier? Blitzschnell zog er sich wieder hinter dem Strauch zurück, doch da hörte er sie schon seinen Namen rufen. Er freute sich ja, sie nach all diesen Jahren endlich wiederzusehen. Aber es war hier einfach zu gefährlich! Vor allem wenn sie ihn schon sehen konnte! Verdammt, sie konnte ihn schon sehen! Er atmete tief ein und aus, um sich zu beruhigen. Da hörte er ihre Schritte. Es war besser, ihr entgegen zu gehen und sie dann in den Schutz des Strauches zu ziehen. Er schob die Äste des Strauches beiseite. Jana stand direkt vor ihm.

»Jakob!«, kam es fassungslos über ihre Lippen.

Ein unglaublich glückliches Lächeln breitete sich über sein Gesicht aus. »Jana!«, flüsterte er und ging in die Knie.

Völlig außer Atem kam sie zu ihm runter und er umarme sie. Ganz fest drückte er sie, als wolle er sie nie wieder loslassen.

»Ich hab dich so vermisst!«, schluchzte Jana in sein Hemd und er hielt sie gleich noch fester.

So lange er tot war, war er noch nie so glücklich gewesen. Es tat so gut seine Schwester wiederzusehen und die ganzen Sorgen einmal vergessen zu können.

»Ich habe dich auch vermisst«, murmelte er in ihre Haare.

Jana zog die Nase hoch und Jakob musste unwillkürlich lächeln. Sie tat es noch genau wie früher. Und dieses »wie früher« gab ihm das schöne Gefühl Geborgenheit. Wann hatte er das letzte Mal seine Familie gesehen ohne sich von dem ersten Moment an Sorgen um sie zu machen? Seine Familie. Sie war alles für ihn gewesen und egal wo er gewesen war, wenn seine Schwester bei ihm gewesen war, hatte er sich wie zu Hause gefühlt. Und genau das hatte ihm Lord Braton mit seinem Tod genommen. Aristinia war ein sehr gute Freundin, klar. Aber sie konnte einfach nicht das Gefühl geben Familie zu sein. Es war einfach so.

Jakob seufzte tief. Tief und glücklich. Da löste sich Jana aus der Umarmung. Die beiden standen auf. Jakob packte seine Schwester an den Schultern und drehte sie einmal um die Achse. Er schüttelte fassungslos mit dem Kopf.

»Du bist so groß geworden seit ich dich das letzte Mal gesehen habe!«, sagte er und lachte.

Jana lachte auch. »Naja, es ist ja auch schon ein paar Jahre her«, meinte sie dann und wurde ein bisschen traurig.

Jakob schaute sich um. »Du weißt, dass du in großer Gefahr schwebst?«, fragte er sie besorgt und zog sie hinter den Strauch in die Burg.

Sie nickte. »Aber wo soll ich denn hingehen? Ich bin mir hundertprozentig sicher, dass Lord Braton weiß, wo unsere Eltern sind.« Jetzt war sie wieder ernst geworden.

»Wie meinst du das?«, fragte Jakob. »Sind sie nicht auf dem Hof?« Er sah ihr fragend ins Gesicht und konnte daran schon erkennen, dass sie es nicht waren.

»Als ich gestern Abend nach Hause kam, war der Hof wie ausgestorben. Nur die Pferde waren da, wo sie hingehören«, erzählte sie.

Jakob schloss die Augen, damit Jana nicht die Enttäuschung in seinen Augen sehen konnte. Er hatte es geahnt! Schon als die Nachricht von den Gefangenen bei ihm an kam, hatte er so ein komisches Gefühl gehabt. Er seufzte tief. Diesmal vor Sorgen.

»Lass uns reingehen«, sagte er dann. »Bei Aristinia sind wir gut aufgehoben.« Er wartete gar nicht erst auf die Antwort, sondern nahm sie bei der Hand und führte sie in die Dunkelheit hinein. Nachdem er sie einige Zeit durch die Gänge geführt hatte, waren sie bei dem Zimmer angekommen. Er stieß die massive Holztür auf und schob sie in das riesige Zimmer hinein. Er bemerkte, wie sie sich erst misstrauisch, dann beeindruckt umschaute.

»Sie ist die Schwester vom Lord. Die Autorität reicht aus, damit er mich nicht bei jedem falschen Wort einen Kopf kürzer machen kann«, sagte er.

Doch bevor Jana antworten konnte, ging die Tür hinter ihnen auf. Herein kam sie, die Schwester vom Lord.

Sie warf ein knappes »Morgen« in den Raum, als sie entdeckte, dass sie einen Gast hatte. Dann starrte sie Jana an. Jana starrte zurück.

Nachdem sie jetzt schon eine ganze Weile so dastanden, fragte Jakob vorsichtig: »Kennt ihr euch?«

Die beiden nickten gleichzeitig.

»Ich hab sie doch nach der Sache im Saal aus der Burg geführt«, antwortete Aristinia und wandte ihren Blick ab. Sie ging zu ihrem Sessel hinüber und ließ sich in die Polster sinken. Jana schaute sie immer noch an, als versuchte sie sich an irgendetwas zu erinnern, dass sie mit Aristinia in Verbindung brachte. Jakob schaute ihr aufmerksam dabei zu.

»Woran denkst du gerade?«, fragte er.

Doch statt einer Antwort, schnipste Jana nur. Ihr schien eine Idee gekommen zu sein. Jakob zog eine Augenbraue hoch.

»Meerblau!«, sagte Jana und nickte zu Aristinia hinüber, als sei damit alles gesagt.

Aristinia und Jakob runzelten die Stirn.

»Was ist damit?«, fragte Aristinia verwundert.

»Na, die Vision!«, sagte Jana. »In allen Visionen, in denen du bisher vorkamst, hattest du einen roten Umhang oder so etwas an. Immer das Zeichen für Lord Braton. In der letzten, hier im Gang, hattest du einen meerblauen an!« Jana sah ihn auffordernd an. Jetzt machte es auch bei im Klick.

»Ja«, meinte Aristinia und lächelte. »Meerblau ist meine Farbe!«

»Deshalb habe ich die ganze Zeit gerätselt, was es mit diesem Blau auf sich haben könnte«, erklärte Jana.

Aristinia seufzte. »Ich hab auch Nachrichten«, meinte sie und ihr Gesicht wurde dabei sehr ernst. »Ich konnte mit den beiden Gefangenen reden.«

Jakob setzte sich in den Sessel und schaute sie aufmerksam an. Jana setzte sich auf Jakobs Schoss und schaute sie aufmerksam an. Jetzt musste Aristinia lachen.

»Man sieht euch überhaupt nicht an, dass ihr Geschwister seid!«, lächelte sie, doch dann wurde sie wieder ernst. »Die beiden wollen dich sehen.«

»Wie?« Jakob sah sie verständnislos an. »Sie wollen mich sehen?«

Aristinia nickte. Dann versuchte sie sich ein Lächeln zu verkneifen, doch es gelang ihr nicht ganz.

Jakob zog eine Augenbraue. »Was willst du mir da verheimlichen?«, fragte er eindringlich.

Aristinia lächelte nur. »Ich will dir nichts verheimlichen. Ich wollte mir das nur bis zum Schluss aufheben.«

Jakob seufzte. »Wir sind beim Schluss«, kam es trocken.

Darauf lachte Aristinia nur. Doch dann antwortete sie: »Die Gefangenen sind eure Eltern.«

Pure Freude kribbelte in seinem Bauch. Strahlend sah er zu Annette hinüber. Auch sie sah überglücklich aus. Er machte zwei schnelle Schritte zu ihr hinüber und nahm sie in den Arm.

»Wir sehen ihn wieder!«, jauchzte sie leise in sein Hemd.

Er nickte lächelnd und drückte Annette noch fester. Jakob war tot, aber sie sahen ihn wieder, so wie sie Lady Aristinia gesehen hatten. Und die war ja auch quietschfidel! Er seufzte glücklich.

»Das wäre unglaublich, wenn er wie lebendig wäre!«, flüsterte Annette außer sich vor Freude.

Lukas ging es ganz ähnlich.

Plötzlich fuhren sie auseinander. Da waren Schritte gewesen! Vorsichtig schlichen sie an das Eisengitter. Lukas spähte um die Ecke. Doch was er da sah, war nicht gerade erfreulich. Dort stand Lord Braton. Live und in Farbe, könnte man sagen, denn er stand da in voller Breite. »Fetter Sack«, so hatte ihn Jakob einmal beschrieben und es passte vorzüglich zu dem eitlen Herrscher.

»Was ist?«, hauchte Annette neben ihm. So lautlos, dass er sie kaum verstehen konnte.

Er trat einen Schritt zurück und schob sie wortlos an die Stelle, an der eben gestanden hatte. Annette warf einen Blick um die Ecke und schluckte.

»Hoffentlich macht der uns jetzt keinen Strich durch die Rechnung«, flüsterte Annette fast flehend.

Lukas schickte ein stilles Stoßgebet gen Himmel,

doch Annette hielt er den Mund zu und zog sie ein Stückchen zurück. Lord Braton kam näher. Jetzt konnte man seine kalte Stimme verstehen.

»Ich will mir die Gefangenen anschauen. Die Gespräche muss man immer selbst führen, nicht dass ihr sie zu sanft anpackt«, klang die Stimme zu ihnen hinüber.

Was für ein arroganter Kotzbrocken!, dachte Lukas und verzog das Gesicht vor Wut und Ekel.

Jetzt kamen die Schritte näher und die beiden mussten sich zurückziehen. Hastig taten sie so, als würden sie sich ahnungslos unterhalten. Lukas Herz klopfte ihm bis zum Hals. Er hatte das Gefühl, dass dieser Lord alles mitbekam.

Plötzlich zuckte er zusammen. Erschrocken sah er zum Gitter hinüber. Lord Braton hatte mit seinen Ringen gegen die Eisenstäbe geschlagen. Das hämische Grinsen, das ihm dabei über das hässliche Gesicht fuhr, war unerträglich.

»So ihr zwei!«, sagte er grinsend und sein Unterton gefiel Lukas gar nicht. »Ihr werdet mir jetzt mal Gesellschaft leisten!« Seine Augen blitzten, als er das sagte und Lukas lief ein eiskalter Schauer den Rücken hinunter. Er hatte ein komisches Gefühl bei der Sache. »Los! Aufmachen!«, befahl der Lord jetzt und prompt schoss einer der Wärter zur Tür und schloss sie mit ängstlichem Gesicht auf.

Die werden von dem bestimmt wie der letzte Dreck behandelt, so wie die Angst vor dem haben,

129

dachte Lukas und die Abscheu gegenüber dem Lord wuchs auf Anhieb.

Die Tür quietschte laut und grässlich, als der Wärter sie aufstieß und dann wie ein mit Füßen getretener Hund zur Seite trat. Lukas stand da und machte keine Anstalten sich vom Fleck zu bewegen. Die Blöße würde er sich nicht geben, wie ein räudiger Hund hinter dem Lord herzulaufen und ihm auch noch dankbar sein zu müssen, dass er sie aus dem Gefängnis geholt hatte!

Der Lord grinste ihn breit an. »Da hat wohl jemand noch seinen Stolz, was?«, fragte er hämisch, doch seine Augen funkelten wütend.

Bei diesem Gesichtsausdruck kam Lukas die Galle hoch. Der durfte eitler sein als die gesamte Dienerschaft in dieser Burg und die anderen mussten wie hilflose Hündchen hinter ihm her dackeln, oder was?! Als Antwort schaute Lukas ihn nur feindselig an und verschränkte die Arme.

»Glaub ja nicht, dass ich dir traue!«, zischte er und der Hass in seiner Stimme war nicht zu überbieten.

Annette legte ihm beruhigend die Hand auf die Schulter, doch er wollte sich nicht beruhigen.

Lord Braton grinste, doch dieses Mal sah es nicht mehr so überlegen aus. Er winkte ihn energisch hinaus. Möglichst würdevoll trat Lukas aus der Zelle, Annette direkt hinter ihm. Lord Braton musterte ihn noch einmal nicht gerade freundschaftlich, dann wandte er sie der Wache zu und befahl, die Tür wieder zu schließen.

»Und ihr zwei«, zischte Lord Braton und beugte sich weiter vor als Lukas lieb war. »Ihr zwei werdet jetzt mal mit mir mitkommen!« Dann drehte er sich auf dem Absatz um und schritt erhobenen Hauptes vor den beiden her.

Etwas widerwillig ging Lukas hinter ihm her. Annette hatte ihre Hand auf seinen Arm gelegt, als befürchtete sie, Lukas würde gleich ausrasten. Doch Lukas war ganz ruhig. Er achtete nur darauf, dass ihm der Hass deutlich ins Gesicht geschrieben war.

Lord Braton führte sie aus dem dunklen Keller, in dem das Verließ lag. Es ging erst eine Steintreppe hinauf, dann war sie mit einem edlen Teppich belegt, was darauf schließen ließ, dass sie bald in den bewohnbaren Teil der Burg kamen. So war es auch. Bald hingen prachtvolle Gemälde an den Wänden und Lukas fiel auf, wie Lord Braton immer wieder gefällige Blicke auf die Gemälde warf. Schließlich waren sie an einer großen Tür angelangt. Erwartungsvoll blieb Lord Braton davor stehen und wartete gebieterisch bis die Diener die riesigen Flügel geöffnet hatten. Dahinter lag ein großer Saal und in diesem Saal stand ein langer Tisch, voll mit Essen gedeckt. Lord Braton ging mit hochgehobener Nase zum Kopfende und die beiden mussten in seiner Nähe   Platz   nehmen.

Still hing sie ihren Gedanken nach. Es brachte sowieso nichts, den anderen beiden zuzuhören. Sie beratschlagten und beratschlagten. Aber das alles auf einer Grundlage von Fakten, die sie überhaupt nicht verstand. Wenn sie versuchte mitzureden, verstand sie nur Bahnhof und die Fragen, die sie darauf stellte, brachten die anderen nur aus dem Konzept. Also ließ Jana es bleiben. Sie würden schon früh genug die wichtigen Dinge mit ihr teilen.

Da schienen die beiden eine Pause eingelegt zu haben. Es war sehr still. In ihrem Kopf dafür aber umso lauter. Tausende Fragen kreisten in ihren Gedanken umher. Wie sollten sie ihre Eltern bloß nur aus dem Gefängnis bekommen? Wie ging es ihnen? Bestimmt machten sie sich Sorgen um sie! War Lord Braton schon bei ihnen gewesen? Was hatte er vor? Hatte er es auf ihre Eltern abgesehen? Oder auch auf sie selbst? Würde Aristinias Autorität ausreichen, um ihren Eltern zu helfen? Und auch ihr? Lord Braton machte bestimmt keine leere Drohungen! Sie würde es dem Wahnsinnigen zutrauen, dass er sie alle umbringen will! Ganz dicht war er ja nicht, oder?

Jana vergrub stöhnend das Gesicht in ihren Händen. So viele Fragen und keine Antworten! Jetzt fingen die beiden wieder an zu tuscheln. Jana schnappte einige Gesprächsfetzen auf, wie »nicht umbringen« oder »noch nützlich« oder »entweder sie oder er«. Was hatte das zu bedeuten? Jana schüttelte leicht den Kopf. Es war besser, sich keine Gedanken darüber zu machen, sie würde es ja doch nicht verstehen.

Ein lautes Klopfen ließ sie aus den Gedanken hochschrecken. Aristinia lachte.

»Du bist ja genauso schreckhaft wie dein Bruder!«, meinte sie lächelnd und ging zur Tür.

Als sie öffnete, bekam Jana einen völlig außer Atem schnaufenden Diener zu Gesicht. Er holte gar nicht erst Luft, sondern japste gleich: »Lord Braton lässt die Gefangenen holen! Er will mit ihnen speisen!« Dann schnappte er erschöpft nach Luft.

Jakob und Aristinia sahen sich alarmiert an. Hastig holte sich Aristinia ein dünnes meerblaues Jäckchen und Jakob schubste Jana sanft von seinem Schoß. Alles sah nach einem überstürzten Aufbruch aus. Wo wollen die denn jetzt hin?, fragte sich Jana erstaunt. Was war daran so schlimm, wenn Lord Braton mit ihren Eltern etwas aß?

»Kommt schnell!«, rief Aristinia besorgt und hastete die Tür hinaus.

Jana und Jakob liefen hinterher. Es ging wieder durch die Gänge und Jana versuchte sich genau einzuprägen, wo sie langliefen. Die zwei schienen nämlich in einer Ausnahmesituation zu sein und man konnte nie wissen wozu das einmal gut sein könnte.

»Was ist daran so schlimm, wenn Lord Braton mit unseren Eltern isst?«, fragte Jana während sie versuchte, mit Aristinia und Jakob Schritt zu halten.

Aristinia sah sie besorgt an. Sie war kreidebleich. »Das ist fast schon das Todesurteil für Gefangenen!«

133

Aristinia schluckte schwer. Auch Jana musste schlucken.

Das war schlimm! Sogar ziemlich schlimm! Aber es gab ja noch Hoffnung. Schließlich hatte Aristinia »fast schon« gesagt. Es war noch nicht zu spät! Jetzt verstand Jana, warum sie so rennen mussten und warum die beiden schon die ganze Zeit so aufgeregt waren. Aber sie durfte sich jetzt keine Gedanken darüber machen, sie musste sich auf den Weg konzentrieren. Sie hatte das üble Gefühl, jetzt würde es ziemlich gefährlich werden und Lord Braton könnte unberechenbar sein.

Nach ein paar Wegbiegungen und Abbiegungen durch dunkle Gänge und später festlich beleuchtete Gänge, wurden Jakob und Aristinia langsamer. Schließlich blieben sie vor einer großen Tür stehen. Zwei Diener öffneten die großen Flügel und sie traten ein. Es war genau derselbe Saal, in dem Jana schon einmal war. War es erst gestern gewesen? Jana kam vor, als wäre es schon Wochen her. Es war so viel passiert!

Der Saal war wieder festlich beleuchtet von riesigen unzähligen Kronleuchtern. Doch dieses Mal spielte keine Kapelle, obwohl die Instrumente bereit lagen. Ziemlich in der Mitte stand ein langer Tisch. Am Kopfende saß Lord Braton. Und nicht weit von ihm entfernt ihre Eltern. Jana war so froh sie zu sehen, dass sie am liebsten zu ihnen hingelaufen wäre und sie umarmt hätte. Doch sie riss sich am Riemen und ließ es bleiben.

»Ach, wenn haben wir denn da?«, rief Lord Braton lauthals von seinem Thron. »Mein liebes Schwesterchen! Und ihr Diener und« Er stockte kurz. »Ein kleiner Gast«, brach es dann trocken aus ihm heraus.

Wahrscheinlich hatte er sie wiedererkannt. Doch Jana achtete nicht auf ihn. Ihre Eltern hatten sich zu ihnen umgedreht und obwohl sie nicht lachten, bemerkte Jana, wie ihre Gesichter sich erhellten. Sie freuten sich ihre Kinder wiederzusehen und ihr und Jakob ging es nicht anders. Jana erkannte sogar Tränen in den Augen ihrer Mutter.

Jetzt waren sie am Tisch angelangt. Aristinia ging um den Stuhl ihres Bruders herum und stellte sich neben ihn. Jana und Jakob stellten sich links und rechts neben ihre Eltern.

»Ach, was für ein schönes Bild! Die ganze Familie glücklich vereint!«, rief der Lord nur scheinheilig entzückt aus. Doch man hörte einen Hass aus seiner Stimme heraus, den Jana nicht definieren konnte. Warum? Warum hasste er sie? Konnte er es nicht sehen, wenn eine Familie glücklich beisammen war? Mal abgesehen davon, Jana glaubte nicht, dass ihre Familie glücklich war. Schließlich hatte Lord Braton sie ja rücksichtslos auseinandergerissen! Eine unbändige Wut keimte in ihr auf. Was hatten sie ihm getan, dass er nur so hasserfüllt auf sie zu sprechen war?

Ihre Hand, die auf der Schulter ihrer Mutter lag,

verkrampfte sich. Ihre Mutter schaute besorgt zu ihr auf. Da stand Lord Braton auf. Und ging langsam auf die Familie zu. Jana löste sich von ihrer Mutter, die ihr flehend in die Augen sah. Sie ging genauso langsam auf Lord Braton zu wie er auf sie zu ging. Sie sah, wie sein Gesicht bei jeder ihrer Bewegung sich mehr und mehr verdunkelte. Dann blieb er stehen. Auch Jana blieb stehen.

»Das ist eine unglaubliche Frechheit, wie unverschämt diese Göre mit mir umgeht!«, zischte Lord Braton da, seine Augen, schienen vor Wut und Hass nur so zu sprühen.

»Ach ja?« Jana stand kurz vor einem Ausbruch. »Unglaubliche Frechheit?! Du tickst ja nicht mehr ganz richtig! Du gehst doch mit den Menschen um, als wären sie der letzte Dreck!«, zischte sie zurück. Ihr Herz klopfte ihr bis zum Hals, diesmal allerdings nicht vor Angst, sondern vor Hass.

Lord Braton schien sich vor Wut aufzublähen. »Du freche Göre solltest dich lieber vor mir in Acht nehmen! Ich hab dir gleich gesagt, dass es dir bei mir schlecht gehen wird!«, schrie er aufgebracht.

»So wie deinen ganzen Arbeitern, oder was?«, schrie Jana zurück.

»Sei still!« Tausendfach hallte die wutentbrannte Stimme durch den riesigen Saal. Für einen Augenblick schien alles und jeder die Luft anzuhalten.

Lord Braton und Jana standen sich mit feindselig funkelnden Augen gegenüber. Dann verschränkte Jana bockig die Arme. Annette sah, wie sich ihr Brustkasten hob und senkte. Sie wusste, gleich würde Jana explodieren und das verhieß nichts Gutes.

»Ich lass mir doch nicht von so einem aufgeblasenen, arroganten Fettsack sagen, was ich tun und lassen sollte!«, donnerte es dann auch schon mit einer so lauten Stimme in den Raum, die man dem zierlichen Mädchen gar nicht zugetraut hätte. Unzählige Male hallte die Stimme wieder und bereitete Annette eine eiskalte Gänsehaut. Ganz ruhig, Jana! Ganz ruhig!, dachte Annette verzweifelt, doch natürlich war Jana nicht ruhig. So aufgebracht hatte sie Jana schon lange nicht mehr gesehen! Wieder war es still. Das hatte allen die Sprache verschlagen, selbst Lord Braton. Doch alle konnten sehen, wie seine speckigen Fäuste sich ballten.

»Wenn sie jetzt noch etwas retten kann, dann ist es Laufen!«, flüsterte Jakob ihnen besorgt zu.

Mit angehaltenem Atem beobachteten sie, wie Lord Braton tief einatmete.

»Lauf, Jana! Lauf!«, hörte Annette Lady Aristinia aus vollem Halse schreien. Jana drehte sich zu ihr um und sah sie verwundert an. Aristinia fuchtelte verzweifelt mit den Händen und endlich begriff Jana, dass Lord Braton die Maßnahmen ergreifen würde. Hastig drehte sie sich um und rannte aus dem Raum. Lord Braton rannte hinter ihr her, mit einer Schnel-

ligkeit, die man dem dicken Mann gar nicht zugetraut hätte.

Annette schlug am Boden zerstört die Hände über
dem Kopf zusammen. »Verdammt, warum tut denn
keiner was?!«, rief sie verzweifelt, doch die anderen
waren genauso ratlos.

Da sprang Lukas auf, griff nach Annettes Hand
und zog sie vom Stuhl hoch. »Komm!«, rief er. »Wir
müssen sie einholen!«

So schnell sie konnten liefen sie hinter den anderen her. Zum Glück bekamen sie noch mit, wohin
der Lord gelaufen war. Lady Aristinia lotste sie
durch die Gänge. Zwischen ihren Anweisungen rief
sie immer wieder: »Schneller! Schneller! Sonst ist es
zu spät!«

Nach gefühlten Ewigkeiten sah Annette endlich
das geliebte Sonnenlicht wieder. Doch kaum waren
sie aus der dunklen Burg, konnte Annette nicht mehr
das Keuchen von Lady Aristinia hören. Alarmiert
schaute sie sich während dem Rennen um. Jakob
stand bei der am Boden knienden Lady Aristinia.
Das alte Mädchen hatten wohl die Kräfte verlassen.
Doch Jakob trieb sie nur noch weiter an.

»Lauft weiter! Ich kümmere mich um sie!«, rief er
ihnen zu und Annette drehte ihren Kopf halbwegs
beruhigt wieder nach vorne.

»Er ist in Richtung Klippen gelaufen!«, hörte sie
Jakob noch schreien, den Rest konnte sie nicht mehr
verstehen.

Schnell hastete sie durch den Wald, stolperte über Wurzeln, blieb an Dornen hängen. Hinter sich spürte sie Lukas' warmen Atem, der genauso schnell ging wie ihrer. Ihr Herz klopfte ihr bis zum Hals und ihre Lunge brannte. Doch es war keineswegs wegen der Raserei. Die Gedanken, die Sorgen, sie waren unerträglich. Schneller, immer schneller!, dachte sie und versuchte noch schneller zu laufen. Annette spürte ihre Beine nicht mehr. Doch sie hatten keine Zeit zum Stehenbleiben. Sie mussten weiter. Endlich kämpfte sie sich durch das Dickicht am Waldrand. Vor ihr lagen die Klippen.

Und dort war Jana. Aber bei ihr war auch Lord Braton. Sie konnte ihre Angst sehen. Das Gesicht war leichenblass, die Augen vor Schreck geweitet. Atemlos rannte Annette weiter, nahm keine Rücksicht auf den Weg. Sie stolperte, raffte sich wieder auf, sah, wie Jana immer weiter an den Rand der Klippe gedrängt wurde. Die Wut auf Lord Braton gab ihr die Kraft noch einmal nachzulegen. Jana stand am Rand der Klippe mit dem Rücken zum Meer. Es rauschte in ihren Ohren, als sie sah, wie Jana versuchte, Lord Braton auszuweichen.

»Jana!«, schrie Annette mit der ganzen Kraft, die sie noch hatte. Sie stolperte über ihre eigenen schwachen Füße und fiel hin. Ein Heulkrampf vor Verzweiflung und Machtlosigkeit überfiel sie. Durch den Tränenschleier sah sie gerade noch, wie Jana stolperte und rücklings die Klippen hinunterstürzte.

Dann sackte Annette in sich zusammen.

Als sie wieder zu sich kam, war um sie herum alles dunkel. Noch etwas schlaftrunken, streckte sie sich. Ihre Finger stießen gegen Blätter und jetzt erst spürte sie das weiche Gras unter sich. Verwundert setzte sie sich auf und betastete mit den Händen das Gras. Irgendwie traute sie sich nicht, die Augen zu öffnen. Doch dann tat sie es doch.

Blinzelnd versuchte Jana ihre Umgebung zu erkennen. Als sich ihre Augen schließlich an das helle Sonnenlicht gewöhnt hatten, schaute sie sich um. Sie saß auf einer Lichtung im Wald. Der Himmel war blau und die Vögel zwitscherten ausgelassen. Alles wirkte so ruhig um sie, doch ihr war überhaupt nicht wohl in der Haut. Wie war sie hierhergekommen? Langsam und unsicher stand Jana auf. Sie hatte einen komischen Traum gehabt, doch sie konnte sich nur noch dunkel an ihn erinnern. Sie erinnerte sich an das Gefühl zu fallen, dann war sie irgendwo hart aufgeschlagen. Mehr wusste sie nicht mehr. Und jetzt war sie hier. Wieder schaute sich Jana um. Es dauerte eine ganze Weile, doch dann wusste sie endlich wo sie war. Und mit der Sicherheit, zu wissen, wo sie war, verflog das mulmige Gefühl allmählich wieder. Langsam ging sie durch den Wald bis sie auf einen Weg gelangte. Auf den befestigten Waldweg, auf dem sie mit Wirbelwind so gerne ritt. Den Weg nach Hause kannte sie von hieraus im Schlaf. Sie spazierte fröhlich den Weg entlang, hörte den Vögeln beim Singen zu und lauschte dem Rauschen des

Windes, der durch die Blätter strich. Gedankenverloren folgte sie dem Weg aus dem Wald hinaus und bog schließlich in den Feldweg ein, der zu ihrem Hof führte.

Erst als sie am Friedhof vorbeikam, schien sie mit den Gedanken wieder in der Gegenwart angekommen zu sein. Wie immer reckte sie den Hals über die Friedhofsmauer und erstarrte. Das mulmige Gefühl von vorhin kam wieder über sie. Standen dort drüben nicht ihre Eltern? Sie schaute genauer hin. Ja, hinten in der Ecke, in der das Grab ihres Bruders war, standen die beiden mit dem Rücken zu Jana. Sie wirkten so verloren. So verlassen. Langsam ging Jana weiter bis zu dem kleinen Tor. Sie schlüpfte durch den Spalt und lief auf ihre Eltern zu. Als sie näher kam, sah sie, dass sie nicht vor Jakobs Grab standen, sondern vor dem daneben. Vorsichtig kam Jana näher, ging um die Gräber herum, um direkt ins Sichtfeld ihrer Eltern zu gelangen. Doch die hatten sich noch kein einziges Mal bewegt. Wie erstarrt standen die beiden da, schauten mit gesenkten Blicken auf den Grabstein vor ihnen. Besorgt ging Jana auf sie zu, bis sie direkt vor ihnen stand. Doch sie schauten mit leeren Blicken durch sie hindurch. Sie hatten ernste, traurige Gesichter, ihre Mutter rotgeweinte Augen. Jana hatte einen dicken Kloß im Hals, als sie ihre Eltern so sah. Ohne ein Wort zu sagen drehte sie sich um. Ihr Herz setzte einmal aus. Sie schaute auf einen Marmorstein hinunter und ein mit Blumen geschmücktes Grab. Doch das war es nicht, was Jana schockte. Es war der Name, der mit geschwungener Schrift auf dem Grabstein stand. Ihr Name.

Zeitfracht Medien GmbH
Ferdinand-Jühlke-Straße 7
99095 Erfurt, Deutschland
produktsicherheit@kolibri360.de